CRÓNICAS ARGENTINAS

Diseño de tapa: María L. de Chimondeguy / Isabel Rodrigué

ANTONIO DAL MASETTO

CRÓNICAS ARGENTINAS

EDITORIAL SUDAMERICANA
BUENOS AIRES

A864   Dal Masetto, Antonio
DAL   Crónicas argentinas.- 1ª. ed. - Buenos Aires :
          Sudamericana, 2003.
          256 p. ; 23x15 cm.

          ISBN 950-07-2417-0

          I. Título – 1. Ensayo Argentino

IMPRESO EN LA ARGENTINA

Queda hecho el depósito
que previene la ley 11.723.
© *2003, Editorial Sudamericana S.A.®*
Humberto I 531, Buenos Aires.

www.edsudamericana.com.ar

ISBN 950-07-2417-0

Después de escuchar con amabilidad
a la legación, dijo Filipo:
"Decidme qué puedo hacer
que resulte agradable a los atenienses".
Tomó la palabra Demócares y dijo:
"Colgarte".

SÉNECA

DULCE MONTÓN

◆

Como todas las noches, ahí estamos los fieles clientes del Gallego acodados en la barra. Desde hace tiempo el tema obligado es la crisis económica que sigue apretando y no para de introducir cambios en los hábitos de vida de los ciudadanos. Uno de los problemas que se agrava es el de la vivienda.

Relatan y opinan tres respetables parroquianos: Ramírez, Bertoldi y Dabini.

—Con mi esposa tuvimos que dejar el departamento que alquilábamos y fuimos a vivir a la vieja casa paterna, que estaba prácticamente abandonada desde hacía un tiempo, en el barrio de San Cristóbal. A la semana cayó también mi hermano mayor con la mujer, que habían perdido su casa. Después mi hermana Raquel con el marido. Luego mi sobrino Jorge con su compañera. Siguió el tío Pedro, hermano menor de mi padre, con su media naranja. Las dos jóvenes viudas de mi hermano Camilo y mi padrino Alberto. Los primos de Témperley con sus mujeres. Y para completarla ayer apareció mi prima la Coca. Todos se habían quedado sin techo. La organización de la cocina y la limpieza se resolvió fácil. Incluso hicimos un pozo común para las compras. Hasta les diría que recuperamos cierto clima de calidez de la infancia, cosas lindas que teníamos olvidadas. Pero con tanta gente la casa más bien que nos quedó chica. Nos vimos obligados a compartir los cuartos y a dividirlos con cortinas y biombos. Y acá es donde aparece el problema. Porque nadie, absolutamente nadie, puede tener un momento de intimidad con su pareja. Y cuando digo intimidad me refiero a la carnal. Con mi mujer probamos de todo: lo intentamos en la cocina, en el baño, en el lavadero, en la terraza, en el tallercito del fondo. Siempre aparece alguien y nos interrumpe. Elegimos horarios en que suponemos que la casa está vacía y nos damos cita ahí. Indefectiblemente varias parejas tuvieron la misma idea. Resultado que en el hogar las mujeres andan neurasténicas y los varones con un malhumor de perro. Todos nosotros hemos sido educados en las buenas costumbres, el respeto, la discreción y por sobre todas las cosas el sentido del pudor. Por lo tanto nadie habla del tema. No sé qué vamos a hacer. Entre tantas desgracias, la crisis económica aniquiló también la armonía hogareña.

—Mi caso es un calco del suyo. Nos fuimos todos a vivir a la casa de mi suegra que desgraciadamente se nos fue al cielo hace poco. Cuando digo todos me refiero a una banda de veinte familiares. Para nosotros el problema de las relaciones íntimas con nuestras parejas no resultó dramático y lo pudimos resolver porque no somos tan fanáticos del pudor. En todo caso, cuando es necesario, levantamos el volumen de la radio. Pero el drama se presentó por el exceso de familiaridad que produce la convivencia. Las chicas, a medida que entramos en confianza y cayeron las barreras del cuidado, cada vez anduvieron más ligeras de ropa. Y la verdad que uno empieza a ponerse nervioso. Ustedes no saben lo que es estar todo el tiempo viéndolas desfilar a medio vestir, en ropa interior, con batas transparentes, envueltas muy al descuido en toallones de baño. En los varones de la casa afloraron los peores sentimientos: la envidia, la competencia, los celos, la hipocresía, la sospecha. Y por supuesto el oscuro impulso de pegarle un manotazo a la mujer ajena. Todos los hombres nos controlamos mutuamente. La crisis ha convertido el hogar en un caldero del diablo donde nos cocinamos en el jugo de la tentación y nos debatimos atravesados por el aguijón del deseo.

—Mi situación (y adviertan que hablo en pasado) comenzó siendo una copia fiel de la de ustedes. Pérdida del techo y amontonamiento en una sola casa. Y de arranque, efectivamente, fue una tragedia. Las relaciones sexuales quedaron abolidas bajo el peso del pudor. Todo el mundo con cara larga, mujeres y hombres histéricos día y noche. Pero, poco a poco, el grupo evolucionó y superamos esa etapa. Como en el caso del amigo que habló en segundo término, pudimos normalizar la relación íntima con nuestras parejas. Después, cuando la convivencia acrecentó la confianza y cayeron las barreras del cuidado y apareció el problema de la ropa interior, también nosotros nos enfrentamos con esa prueba más que difícil. También los varones de mi casa entramos en conflicto unos con otros. No podía ser para menos. Y por supuesto nos tocó vivir en el caldero del diablo, cocinándonos en el jugo de la tentación y atravesados por el aguijón del deseo. Entonces se produjo un nuevo paso importante en nuestra evolución. No podría decir quién fue el primero en abrir fuego, si hubo alguien en particular o fueron varios al mismo tiempo. Sólo sé que sucedió. Una noche, de pronto, se derrumbaron las barreras. En cada hombre y en cada mujer se liberaron los sabios impulsos con que nos favoreció la madre naturaleza y quedó abolido el derecho de propiedad. Basta de toallas ocultadoras a medias, basta de ropa interior transparente, basta de chicas escabulléndose a medio vestir. Todo es de todos. Todos tenemos derecho a todo. Y así volvieron la armonía, el buen entendimiento, las relaciones cordiales, el espíritu solidario, la cooperación, la generosidad, el altruismo. Por lo tanto mi visión de la crisis económica con referencia a la vida hogareña es totalmente positiva. Nunca lo pasamos mejor, nunca nos divertimos tanto y cuando estamos fuera de casa no vemos la hora de volver.

TAXI

◆

Sigo reduciendo mis gastos. Dejé de ir al cine, al teatro, a cenar afuera, di de baja el cable, puse teléfono con tarjeta, dejé de fumar, no tomo más mi cafecito mientras leo el diario en el bar por la mañana, ando en alpargatas y guardé los zapatos para las grandes ocasiones. No me quejo, soy un tipo austero, acostumbrado a los vaivenes de la fortuna. Todo lo aguanto con entereza. Sólo hay una cosa a la que no puedo ni quiero renunciar y es a viajar en taxi. Fue mi único lujo de toda la vida, incluso en las épocas de la peor miseria, prefería no comer antes que resignar el taxi. Pero ahora la situación se ha puesto tan mal que hasta con mi único berretín tuve que optar por una decisión que casi definiría como heroica: partir los viajes al medio. ¿Qué quiero decir con esto? Que si tengo que viajar cuarenta cuadras, tomo un taxi por veinte cuadras, ahí me bajo y el resto lo hago caminando. Que digan lo que quieran, que me critiquen, que piensen que estoy un poco chiflado, pero la cuestión es que mi orgullo se mantiene incólume.

El otro día tenía que ir hasta Parque Lezama. Paré un taxi y le dije al chofer:

—¿Cuál es la mitad exacta entre este punto y Parque Lezama?

—Déjeme pensarlo un poco, se lo calculo enseguida, pero ¿para qué quiere saber eso?

—Porque solamente dispongo para la mitad del viaje.

Me dio la información y arrancamos.

13

Era un radio-taxi y todo el tiempo se escuchaban las comunicaciones de la central con los diferentes móviles. Mensajes raros. Paré la oreja. Señor Juárez, de Palermo Viejo, destino estación de ómnibus de Retiro, ofrece un peso con ochenta y completa el pago con un caloventor de primera marca, en buen estado. Señora viuda de Mendieta, espera en la esquina de Paraguay y Maipú, viste traje negro, cartera y zapatos al tono, destino cementerio de la Chacarita, paga con dos patacones y doce discos de Armando Manzanero, Rosamel Araya y Antonio Prieto, época de oro del bolero. Señor Lionel, viaja de Saavedra a Mataderos, ofrece funyi gris, impecable estado, y daga con mango de alpaca, protagonista de sonados duelos criollos. Señora Rosina, desde Parque Chacabuco a Belgrano, pollito al horno con papas y batatas, ensalada mixta y flan casero, no hay efectivo. Señor Aurelio, bar El Jopo, Parque Patricios, viaja a Núñez, ofrece dos canarios, macho y hembra, en buen estado de salud, él gran cantor, ella ponedora infatigable, en jaulita tipo pagoda, y en efectivo el equivalente a tres litros de gasoil.

Llegamos a la mitad del recorrido y el taxi se detuvo.

—Maestro —me dijo el taxista—, es una pena que por falta de efectivo se baje a mitad de camino. ¿No tiene alguna cosa para pagar el resto del viaje? Ya escuchó por la radio que cada cual ofrece lo que puede.

—No se me ocurre nada, no tengo ningún objeto encima. Mi oficio es el de narrador, lo único que sé hacer es contar historias. ¿Se podrá combinar algo con eso?

—¿Son historias creadas por usted?

—Por supuesto, son mías, ciento por ciento auténticas.

—Bueno, a mí me gustan las historias, podríamos probar. Le ofrezco un trato, corto el reloj y largamos, si la historia me engancha lo llevo hasta Parque Lezama, si de entrada no me gusta lo bajo en la próxima esquina.

Pensé rápido. Nada de improvisar, me dije, hay que asegurarse el viaje y no voy a arriesgarme con una de las mías que por ahí a éste no le gusta. Así que manoteé al infalible Conrad y su relato "Juventud", que es tres veces infalible. Ya con las primeras frases me di cuenta de que lo tenía bien agarrado al taxista.

14

Y así navegamos con viento a favor y a toda vela hasta Parque Lezama.

—Muy buena, maestro —me dijo el tachero—. Acá tiene una tarjeta con nuestro número de teléfono, a todos los muchachos de la tropa les gustan las historias, así que ya sabe para la próxima.

Nos despedimos con un apretón de manos. Cuando el taxi desapareció me sentí un poco fulero por el plagio a Conrad. Me dije: Esto de pagar con mercadería ajena no está nada bien, por grande que sea la malaria hay que tratar de seguir siendo honesto. La próxima vez me juego con una historia de mi autoría y que pase lo que tenga que pasar.

HÉROE

◆

Noche tarde y el bar es una pura lamentación. Suspiros y quejas a lo largo del mostrador.

—¿Se acabaron los héroes?

—¿Será posible que no exista un héroe nacional que nos tire una soga?

—Mucho me temo que estamos perdidos: no nacen más héroes nacionales.

Esta noche nos visita Tusitala, un mulato alto y grueso, que siempre anda cargando un tamboril al que aporrea para juntar unos billetes y pagarse los alcoholes.

—Si están tan preocupados por el tema —interviene Tusitala—, seguramente les interesará saber que en cierta oportunidad estuve muy cerca del nacimiento de un héroe nacional.

—Cuente, Tusitala —pedimos todos.

—No sé si ya les dije que mi verdadero oficio es cocinero. Y yo, modestia aparte, siempre fui de los buenos. A la edad en que otros todavía andan prendidos de la teta de la madre, ya era chef en un transatlántico de lujo. Una noche me pasé con el champán y caí por la borda cerca del Cabo de los Cuarenta Bramadores. Me recogieron unos pescadores en su canoa e inmediatamente me contrataron para organizar un banquete con motivo del nacimiento del héroe nacional del lugar. En la plaza, a la sombra de un árbol, con su gran panza y tejiendo escarpines, estaba la embarazada, acostada en posición de parto, esperando. Un trovador cantaba las futuras proezas del héroe. La

17

banda de música estaba lista para empezar a tocar el himno cuando asomara la cabeza. Le habían preparado la capa de piel de leopardo, la espada y el escudo. En menos que canta un gallo me organicé para preparar el fastuoso banquete. Elegí salmonetes a la *gradoise*, pollo frío a la vienesa, ensalada de lechuga y sorbetes de piña. Pasó el día, llegó la noche, pasó otro día y el héroe nacional no nacía. Varios notables se arrodillaron sobre una alfombra, frente a las piernas abiertas de la embarazada: "Señor héroe nacional, lo estamos esperando". Desde adentro una vocecita les contestó: "Todavía no llegó mi momento, no pienso nacer hasta que no me reclame una tarea realmente importante". Tuve que tirar toda la comida. No pasaron veinticuatro horas que una terrible plaga se abatió sobre la zona. Las langostas avanzaban desde el este y no dejaban nada sin masticar. Todos aseguraban que ahora sí el héroe nacional nacería y me puse a cocinar. Elegí quenefas de ave al estragón, tomates al estilo de Aviñón y melón helado. Mientras trabajaba con entusiasmo veía a los notables arrodillados en la plaza: "Señor héroe nacional, necesitamos que nazca ya, las langostas se están devorando hasta los cimientos de las casas". Desde adentro la vocecita contestó: "Yo no soy un exterminador de insectos, usen DDT, una plaga de langostas es demasiado poca cosa para mí". Así que tampoco esta vez nació y de nuevo tuve que tirar la comida. A raíz de la sequía que venía castigando la región siguieron unos incendios imposibles de detener. No quedó nada sin quemarse. Opté por truchas con almendras, silla de cordero park-hotel y *malakoff* helado al chocolate. El héroe todavía no nacía. "Señor héroe nacional —clamaron los notables, acompañados por la población entera—, nos está haciendo falta ahora." "No soy bombero para andar apagando incendios —contestó la vocecita—, vengan cuando tengan una catástrofe en serio." Y otra vez tuve que tirar la comida. Después hubo una inundación como no se había visto nunca. La represa estaba por ceder y si esto ocurría todo quedaría bajo el agua. Los notables se arrodillaron sobre la alfombra y yo me puse a preparar un nuevo banquete. Me decidí por cangrejos de río nadando, ensalada tibia de hongos portobello con calamares, pato frío Montmorency y profiterolas al chocolate. "No soy plomero para andar arreglando pérdidas —dijo la vocecita—, aprovechen el agua, cultiven arroz, dedíquense a la pesca, críen nutrias, cuántas veces les tengo que decir que vengan a verme cuando haya un problema que esté a mi altura." Y la comida fue a parar al tacho de la basura. Así que ya ven cómo son las cosas con los héroes nacionales. ¿Quieren que les explique cómo se prepara el pato frío Montmorency? Es muy sencillo, ¿tienen para anotar?

—¿No podríamos posponer el pato para más tarde, don Tusitala? Ahora díganos con urgencia: ¿nació o no nació el héroe nacional?

—Qué sé yo. Me cansé de andar pisando langostas, masticando ceniza y chapoteando en el barro. Hice la valija, me despedí de aquella gente, les deseé felices fiestas, que el chico salga sano y fuerte, que cuando crezca sea un héroe de bien, y me mandé mudar. Mi conclusión es ésta: en los héroes nacionales no se puede confiar, si uno se queda esperándolos se le estropea la comida y al final la tiene que tirar.

ALQUILER

◆

Es la tercera vez que el parroquiano Mateo se me acerca con el diario abierto:

—Por favor, me lee acá.

—¿Perdió los anteojos? —le pregunto.

—Los alquilé. A un vecino de mi edificio. Tres días por semana: lunes, miércoles y viernes. Al hombre no le da el cuero para comprarse un par, yo me sacrifico un poco, hago una buena obra y de paso me gano unas monedas.

—Veo que no soy el único en asociar altruismo con negocio —dice el parroquiano Anselmo—. Tengo un buen vecino, hombre de edad, que todos los días iba a sentarse a la plaza y se ponía a envidiar a esas personas que se juntan al atardecer y, mientras los perros retozan, se cuentan unas a otras las habilidades, los caprichos, las astucias y las ingeniosas ocurrencias de sus respectivas mascotas. Mi vecino no está en condiciones de tener un perro propio y mantenerlo. Así que le alquilo a Sultán los fines de semana. Ahora, cuando me lo devuelve, me cuenta las cosas extraordinarias que hizo Sultán en la plaza. Yo sé que las inventa, pero hago como que le creo y todos felices.

—Yo alquilo mi pierna ortopédica. No fue nada sencillo conseguir un interesado al que le falte la pierna del mismo lado y que tenga mi misma altura. Pero nada es imposible, un día tocaron timbre y ahí estaba el tipo con muletas. "Vine por mi pierna", me dijo. Cerramos trato, me quité la pierna y se la di.

"Ya mismo me voy a la milonga, a sacarle viruta al piso", dijo el tipo. Lo tengo de cliente viernes y sábados.

—Mi vecino del quinto piso me comentó que se muere de frío y que anda sin plata para comprarse un acolchado como la gente. Le alquilé el mío tres días a la semana. Cuatro para mí que soy el titular. Los días previos a quedarme sin abrigo vivo pendiente del pronóstico meteorológico para saber si me va a tocar una noche de estepa siberiana o no. Pero así es la vida.

—Yo alquilo mi ojo de vidrio. Es muy solicitado para casamientos, cumpleaños y fiestas de todo tipo. Lo entrego con tres unidades de lentes de contacto de diferentes colores, para aplicar al ojo de vidrio o al ojo real, según el gusto. Les digo que no doy abasto, prácticamente ando con el parche negro los siete días de la semana. Mi ojo de vidrio está siempre trabajando.

—Nosotros alquilamos el sonajero de nuestro nene para el nene de un matrimonio vecino. Cobramos por hora. O llora el de ellos o llora el nuestro. Negocios son negocios.

—Nunca mejor aplicada la palabra negocios. Señores, yo creo que tenemos entre manos una mina de oro. Propongo que nos juntemos y formemos una sociedad. Arrancamos prácticamente con inversión cero y no corremos ningún riesgo de descapitalizarnos. Aportamos una monedita cada uno e imprimimos un boletín con los productos en alquiler. Ser propietario hoy en día es una suerte y hay que saber aprovecharla.

—Yo puedo alquilar mi audífono desde las dos de la tarde hasta las ocho de la noche todos los días laborables.

—Yo uso plantillas ortopédicas y podría alquilarlas día por medio.

—Yo dispongo de unas uñas postizas —dice la señorita Nancy—. Son importadas. Nunca las quise vender. Sabía que un día me iban a sacar de apuros.

—Ustedes son afortunados, pero no todo el mundo dispone de un capital inicial, ¿qué pasa con los que no tienen nada para alquilar?

—No se achique, amigo, absolutamente todos disponemos de algún capital. Piense un poco y seguro que en su casa o en usted mismo hay algo que otros están necesitando.

—Señores —dice el Gallego—, nunca dejan de sorprenderme las posibilidades empresariales de este país. No me equivoqué cuando dejé mi Galicia y me vine para estas costas. Tierra fértil, clima generoso, gente práctica, pujante, imaginativa y siempre dispuesta a dar una mano. Acá el que no se las rebusca es porque no quiere. Aplaudo la iniciativa de esta noche y les ofrezco en alquiler, por una módica suma, un pedazo de bar. Podrán disponer de dos mesas y sillas a discreción. No van a encontrar en la ciudad mejor lugar que éste para conferirles seriedad a los contratos de alquiler de sus productos. Brindemos por el nuevo emprendimiento.

CALESITA

◆
─────────────────────────── ───────────────────────────

Tema de esta noche: los jueces corruptos.

De tanto en tanto los medios anuncian que un juez fue pescado con las manos metidas en la masa hasta los codos, hay denuncias y más denuncias, se inicia un juicio, el caso suscita algo de revuelo durante un tiempo, finalmente el runrún se va apagando, termina en el olvido, acá no ha pasado nada y el juez sigue alegremente en sus funciones. ¿Qué está ocurriendo, muchachos? Pide la palabra el parroquiano Lorenzo.

—Si los presentes me permiten, quisiera explayarme un par de minutos sobre la liebre de mar. Es un género de moluscos gasterópodos opistobranquios, de la familia de los aplísidos, hermafrodita, aunque se necesitan dos individuos para procrear. Se le atribuyeron poderes mágicos. Los pescadores italianos creen que el líquido maloliente segregado por algunas de las especies hace caer el pelo y los antiguos lo estimaban venenoso. Domiciano fue acusado de haber envenenado con esa sustancia a su hermano Tito. La liebre de mar tiene forma alargada, el sexo masculino se encuentra en el extremo delantero y el femenino en el extremo trasero. Me imagino que se estarán preguntando qué tiene que ver la liebre de mar con el tema de los jueces.

—Efectivamente —decimos.

—Dos liebres de mar se encuentran y se acoplan, una cumpliendo el rol femenino y la otra el masculino. Luego viene una tercera liebre de mar y se acopla a la segunda, que sigue acoplada a la primera. Aparece una cuarta, una quinta y así van formando una larga cadena que en algún momento podrá convertirse en un circuito cerrado cuando la primera liebre de mar se acople, mediante su órgano masculino, a la última de la fila que le estará ofreciendo su órgano femenino. Con esta imagen dándome vueltas por la cabeza, me acordé de los jueces. Ahora seguramente se estarán preguntando qué extraño mecanismo asociativo me llevó a ligar el comportamiento de las liebres de mar con la función de los señores encargados de administrar justicia.

—Así es —decimos.

—Tomemos a un juez cualquiera, vamos a llamarlo Pizarro. A Pizarro le toca hacerse cargo de la causa que enjuicia a otro juez. El enjuiciado, llamémoslo Carcassone, para equilibrar la balanza y demostrar que es un magistrado imparcial que no se casa con nadie, rápidamente saca a relucir un juicio que hacía tiempo mantenía olvidado en un cajón contra el juez Rodríguez. Rodríguez, por las mismas razones, se abalanza sobre otro juez y prolonga la cadena. La cadena ya no se detendrá. No es difícil seguir agregándole eslabones. No digo que todos los jueces sean delincuentes, pero hay muchísimos que tienen los calzones sucios, por lo tanto es cuestión de tirarle el lazo al que se tenga más a mano. Y así, finalmente, después de andar y andar, el círculo en algún momento se cierra, volviendo a Pizarro, que es juzgado a su vez por el último de la fila. El juez Pizarro, cuando se entera de que hay un juicio contra él acosándolo por la retaguardia, inicia una doble investigación. Una hacia adelante y otra hacia atrás. Comprueba que yendo en un sentido o en otro el circuito termina en él. Entonces afloja la mordida sobre el juez Carcassone. Carcassone a su vez afloja la mordida sobre el juez Rodríguez. El juez Rodríguez hace lo propio con su candidato. De esta manera la bola sigue rodando y, cada vez que regresa al punto de partida, el juez Pizarro pone a circular una nueva demostración de buenas intenciones y en media docena de vueltas quedan todos inmaculados como novicias que acaban de comulgar. ¿Empiezan a ver la relación con la liebre de mar?

—No estamos seguros de haber entendido adecuadamente

—decimos los demás parroquianos—, ¿acaso está insinuando una especie de hermafroditismo jurídico?

—No me pongan en aprietos con preguntas raras. Yo lo único que estoy señalando es la evidencia de una calesita similar a la de las liebres marinas. Podemos afirmar sin temor a equivocarnos que éstas se embarazan unas a otras. Pero en cuanto a los jueces, francamente no sé, habría que detenerse a profundizar sobre las posibles implicancias reproductivas de la cosa.

ADMINISTRADORES

◆

$\underset{\text{¿}}{E}$ s posible que un fulano que está preso sea elegido para un cargo público? En el bar todos concuerdan en que quien la hizo la tiene que pagar. Aun así, hay un punto en que las opiniones están divididas. Unos sostienen que sí, que es posible que el fulano sea elegido, que mientras la condena no esté firme sigue teniendo los mismos derechos que cualquier ciudadano. Para otros, es simplemente impensable que alguien encanado por chorro pueda acceder a un cargo desde donde administre el bien común.

Hoy nos visita nuestro viejo amigo don Eliseo el Asturiano, hombre que anduvo mucho mundo, y después de escuchar las diferentes posturas pide la palabra.

—Si me permiten, ya que estamos en tema, quisiera contarles algunos pormenores de la República de Nananga, donde recalé después de abandonar mi Caleao natal, mientras recorría tierras y mares buscando un buen lugar donde afincarme. En Nananga tenían un gobierno corrupto que robaba sin pausas y sin disimulo. Tanto robaba que al final se levantó el clamor popular, intervino la Justicia y fueron todos presos, el presidente, los ministros, el poder legislativo, los diplomáticos. Se llamó a elecciones y asumió un nuevo gobierno. No pasaron muchos meses y quedó en evidencia que también éstos metían la mano en la lata de lo lindo. Otra vez se levantó el clamor popular, el gobierno en pleno fue a la cárcel y a empezar de nuevo. La historia se repitió seis veces con idénticas características. Seis gobiernos presos. Y así fue como se acabaron los dirigentes en la República de Nananga. Toda la clase política del país estaba a la sombra. Los nananguinos se encontraron con un serio problema, no había quien los administrara. Aquélla era gente simple y tradicionalista, tenía un respeto religioso por las profesiones y los oficios. El plomero era plomero, el maestro era maestro, el panadero era panadero y los administradores del bien público eran administradores del bien público. Roles claros, fijos e inamovibles. Los nananguinos deambulaban por las calles, consternados y meditabundos. Daba pena verlos, eran como niños abandonados. Nadie dudaba de que los que estaban a la sombra debían seguir allá porque eran unos tremebundos chorros, pero hacían falta y después de pensarlo y pensarlo los nananguinos vislumbraron una solución: que los encanados administraran el país desde la cárcel. La idea fue aprobada. Se largó la campaña política y durante días fui a escuchar con el resto de la población los fogosos discursos que los candidatos pronunciaban desde los calabozos, agitando los brazos a través de las rejas. Los insultos que se disparaban unos a otros formaban parte importante del espectáculo. Se tiraban con munición realmente gruesa. Hasta que de pronto hubo un cambio. Teniendo en cuenta la gravedad del momento por el que atravesaba el país y para evitar derroche de energías en una extensa campaña electoral, pérdida de tiempo y gastos innecesarios, los administradores presos anunciaron que en un acto patriótico renunciarían a las apetencias personales y establecerían un gobierno de coalición, un gobierno de salvación nacional. Así se hizo y de este modo en Nananga se dio la peculiaridad de un gobierno ejerciendo desde la cárcel, a la que había sido condenado por la Justicia a pedido de sus propios administrados. No sé si la historia aporta algo al tema que están debatiendo esta noche.

—Sin duda. Como todas sus historias, también ésta nos enriquece y trataremos de aprovecharla, don Eliseo. Pero en lo inmediato nos interesaría mucho saber cómo resultó la cosa en Nananga con esa clase de administración.

—¿Cómo quieren que resulte? Los administradores, desde la cárcel, se las ingeniaron para seguir haciendo lo que mejor sabían hacer que era robar. Corrupción y estafas a mansalva. Por lo tanto, a poco de andar, una vez más se elevó el clamor popular y fueron condenados de nuevo. Y acá siguieron los problemas para los sufridos nananguinos: ¿cómo se hace para meter preso al que ya está preso? Además, en caso de que se encontrara la forma de reencarcelar a los encarcelados, luego tendrían que volver a ofrecerles el gobierno porque alguien debía administrar Nananga. Y seguían más y más interrogantes: si los dos veces encanados volvían a delinquir, ¿de qué manera los encarcelarían por tercera vez?, ¿y hasta cuándo seguirían sucediéndose los eslabones de encarcelamientos, otorgamientos de poder y nuevas condenas? La situación de aquella pobre gente no era nada fácil y el futuro se les presentaba complicado. En eso estaban cuando pasó un barco y decidí partir. Debo decir que dejé Nananga con el corazón angustiado, lo cual no es bueno para la salud de nadie. Apoyado en la borda, mientras la costa se esfumaba, me prometí no volver a detenerme en un lugar donde pudieran pasar ese tipo de cosas. Le comenté mi pena y mi determinación a un oscuro viajero que estaba parado a mi lado y olía un poco a azufre, y fue él quien me sugirió que si quería evitar volver a pasar por tan desagradables experiencias me viniera para estos pagos.

VERANITO

◆

Me tomé las vacaciones los primeros diez días de enero. Y siempre con la preocupación de achicar gastos. Así que nada de viaje, nada de hotel. Opté por pasar las vacaciones en un supermercado. Fui todos los días. No es cerca de mi casa, pero la caminata, sumada a las diez horas promedio dentro del súper, me aportaron un óptimo estado físico. Uno puede pasarlo bien en un súper. Hasta puede encontrar el amor (luego hablaré de la mujer morena).

Por la mañana, en cuanto entraba al súper pasaba por la sección perfumería, abría un frasco y me ponía unas gotas de mi Agua de Colonia preferida. Después hacía una parada bastante prolongada en la sección de las lámparas y los espejos, porque la luminosidad de esa zona me inspiraba. La bauticé "El rincón de las hadas". Un toque de poesía nunca viene mal. Seguidamente recorría la sección ropa y me probaba las camperas, los sacos, los pilotos. En la sección música pedía un casete y evaluaba la calidad de los aparatos en venta.

Además de la música tenía mi hora de TV y otra de lectura en la sección libros. Leí mucho esta temporada. Entre los electrodomésticos descubrí un artefacto que me intrigó por la complejidad. Las instrucciones estaban en alemán, inglés y francés. Me traje un diccionario de la sección libros y comencé a traducir. En las dos horas que le dediqué el primer día sólo logré llegar a la parte de las paletas, aletas y cuchillas. En los días siguientes completé la tarea. De paso aproveché para estudiar idiomas.

En general mis conocimientos aumentaron un montón. Me leía los rótulos de los envases de comestibles y artículos de limpieza: recetas, ingredientes, fórmulas, consejos. Todo interesante. Me desasné sobre la diferencia entre el café de Colombia y el de Brasil. Mantuve instructivas charlas con el encargado del rubro jardinería. El muchacho de la pescadería resultó ser un tipo simpático y me ilustró sobre las diferentes especies, aunque sospeché que a veces inventaba. Entonces le discutía, la conversación subía ligeramente de tono y podía suceder que interviniera algún cliente:

—Pero no, jóvenes, éste es un pez del Mar del Norte.

Al mediodía me las ingeniaba para hurtar un trozo de queso, una salchicha, fiambres varios, alguna fruta. Así aguantaba bien hasta media tarde. Alrededor de las cinco abría un paquete de la sección galletitas y con mucha discreción me tomaba un té con limón en lata. Por supuesto nunca me descubrieron y, detenido ante un espejo, llegué a felicitarme por la destreza que habían ido adquiriendo mis dedos.

El hallazgo más importante del verano fue la mujer morena que también pasaba los días enteros en el súper. Linda señora. Cada tanto nos cruzábamos. Al tercer día, al encontrarnos una vez más, nos saludamos con un movimiento de cabeza. Acá entró a trabajar un poco la fantasía y me dije que algo nos unía y que no por casualidad habíamos decidido pasar las vacaciones en el mismo supermercado.

También ella almorzaba y merendaba ahí. Alrededor de las doce sabía que la encontraría en la sección lácteos, comiéndose a escondidas un yogur dietético. Después, con gran habilidad, volvía a tapar el envase vacío y lo colocaba en el estante. Un mediodía, viendo que se acercaba un empleado, pasé rápido detrás de ella y le susurré al oído:

—Ojo que hay moros en la costa.

Creo que ahí me la gané y en el cruce siguiente me dedicó una sonrisa de un millón de dólares. Pero todavía no me animaba a hablarle. Perdí una buena oportunidad el quinto día de vacaciones. Sabía que pasarían por TV una con Mastroianni. Fui rumbeando para los televisores y en el camino abrí un paquete de caramelos y me llevé media docena. Me acordé de las matinés de mi infancia y me acomodé contra una góndola dispuesto a disfrutar de la película completa. La morena también se arrimó. En las propagandas la miraba de reojo, estuve por convidarle un caramelo, pero no conseguí superar mi timidez.

El último día la esperé a la salida, le dije que mis vacaciones terminaban y no quería partir sin despedirme. Dijo que también las suyas terminaban y yo comenté que en más de un sentido éramos sin duda dos almas gemelas. Hablamos un rato de eso.

—Ahora me tengo que ir —dijo ella.

—¿Cuándo nos volveremos a ver? —pregunté.

—Las amistades de verano se diluyen cuando uno vuelve a la vida normal, es una ley —dijo ella.

—Me gustaría que intentáramos quebrar esa tradición —dije.

—Bueno —dijo ella—, si insiste, entonces veámonos el próximo fin de semana, ¿a qué shopping acostumbra ir usted los sábados?

AL ABORDAJE

———————————— ◆ ————————————

L lego al bar que está iluminado por velas debido a un apagón en la zona.

—Rayos y centellas —digo—, por las barbas de Neptuno, afuera está más oscuro que guarida de piratas. Noche excelente para emboscar a un galeón español.

—Justamente estábamos hablando del tema, de los célebres piratas de la Hermandad de la Costa y de esta gente de la política de nuestros días que andan presumiendo de ser los grandes piratas de los tiempos modernos —me informa el Gallego.

—Que me disculpen estos señoritos —interviene el parroquiano Julián—, pero no son más que unos pobres aprendices, no tienen ni para empezar. Con qué herramientas, me pregunto, pretenden compararse con aquellos terribles hombres de mar. Y sé de qué hablo, conozco el tema a fondo, un antepasado mío sirvió a las órdenes de Charles *Puré* Magnificent.

—Lo tengo fichado a Magnificent, pero ignoraba que se apodara *Puré* —digo.

—Todos los piratas de la Hermandad de la Costa tenían su nombre de guerra. A Charles, el más temible, astuto y cruel de los corsarios que asolaron las costas del Caribe, le decían *Puré* debido a su tremenda voracidad con las papas.

—Permítame dudar de que Charles *Puré* Magnificent fuera el más temible, astuto y cruel de los piratas. Podría recordarle algunos nombres que todavía causan espanto de sólo mencionarlos.

—Usted estará pensando en Sir Henry *la Chancha* Morgan,

37

Jacques *el Cabezón* Sore, Eduard *Ají* Mansfield, Pierre *Besugo* Legrand, Cristóbal *Diente de Leche* Myngs, Piet *Chupete* Heyn, el lujurioso Francis *Tres Patas* Lolonois.

—Exactamente.

—Comparados, eran nenes de pecho al lado de *Puré*. Todos saqueaban, incendiaban, pedían rescate por los prisioneros ricos y a los demás los torturaban hasta morir o los ensartaban alegremente. Con las doncellas hermosas no pedían rescate porque ellas tenían en sí mismas con qué pagar. Pero *Puré* los superaba a todos ampliamente.

—¿Todavía más sanguinario?

—Imagine cómo sería de negra su alma que con quien peor se ensañaba era con la gente de la comarca donde había nacido y se había criado. No dejaba ningún cristiano entero, a todos los mutilaba un poco, destruía las cosechas, envenenaba los pozos de agua, mataba los animales y se llevaba hasta los sonajeros de los pibes. Cuando se corría la voz de que se acercaba el galeón con la negra bandera de *Puré*, sus paisanos huían despavoridos al grito de: "Cuidado que viene el pariente". Dispuesto a hacer concesiones, podría aceptar que esta peculiaridad es lo único en que lograrían parecérseles los aspirantes a piratas de nuestros días. Cierta vez *Puré* estaba tomando un aperitivo mientras los capones se asaban sobre las brasas y un contramaestre le robó una papa frita del plato. Lo hizo atar a un árbol, pidió unos tallos tiernos de apio, después le asestó una descomunal cuchillada que le partió el pecho, le arrancó el corazón y se lo devoró todavía palpitante. Y mi antepasado contaba que pareció complacerle mucho aquel bocadillo de corazón al apio.

—¿Todo por una papa frita?

—Más bien por influencia de una hechicera de la isla Tortuga, a quien había acudido para que le revelara el destino, y que le había dicho: "El gran arcano está en la papa. Con las papas florecerás año tras año tras año tras año".

—Qué profecía tan extraña. ¿Se le cumplió?

—Ya verán. Como bien sabemos, por encima de todo y de todos siempre están las Majestades. Son ellas las que tienen el verdadero poder y hacen y deshacen a su antojo. Pues bien, las

Majestades le habían otorgado a *Puré* patente de corso que lo autorizaba a robar para ellas. Luego de cada saqueo, *Puré* les entregaba la parte convenida de oro, plata, joyas, piedras preciosas, sedas, doblones, especias y también papas, que eran muy apreciadas. Después del vaticinio de la bruja, *Puré* siguió repartiendo el botín, pero empezó a escatimarles las papas. También se las negaba a sus hombres. Tenía escondites por todas las islas, donde las ocultaba en sólidos arcones, y luego mataba a los testigos.

—¿Y cómo lograba que no se amotinaran esos fieros filibusteros?

—Magnificent era muy ladino, se las conocía todas, mentía mucho. Alababa, calumniaba, cambiaba de favoritos a cada rato, fomentaba así el recelo y la desunión, y mientras los piratas se peleaban por rivalidades minúsculas, él se quedaba con todas las papas.

—¿A las Majestades también las empaquetaba?

—Durante un tiempo las empaquetó, pero bien pronto se avivaron de que había dejado de ser negocio tener trato con un corsario ladrón, así que decidieron cortar por lo sano y lo hicieron descuartizar con ocho caballos percherones. Dos para los brazos, dos para las piernas, dos para las orejas, otro para la nariz y el último para la protuberancia restante.

—¿Y la profecía?

—Una esclava fiel, Alelí, bella bereber que lo había seguido en todas sus correrías, recogió los fragmentos de Magnificent, adquirió una propiedad en Cabo Desengaño y los enterró ahí. Sobre cada fragmento y también a lo largo y a lo ancho de la parcela plantó amorosamente trocitos del tubérculo predilecto del terrible corsario y, cuando llegó el tiempo propicio, brotaron, crecieron y el terreno se convirtió en un florido y alegre campo de papas.

DIRECTOR

— ◆ —

E n el bar recibimos la visita del parroquiano Juan Carlos Rutini que trajo a su nieto.

—Quiero presentarles a Armandito, mi querido nieto de doce años, mi preferido, de quien estoy orgulloso. Nunca quise hablarles de él porque esperaba una oportunidad como ésta para que personalmente les contara su maravillosa experiencia de vida.

—Mucho gusto —decimos—, nos encantaría escucharlo.

—Armandito, contales a los señores.

—Todo empezó cuando mis padres me anotaron en la escuela del barrio donde ellos habían estudiado, la número 32, Ejército Auxiliador del Norte —cuenta Armandito—. Su deseo, como buenos padres que son, es que me convierta en una persona culta, educada y útil para la sociedad. Lo primero que me enseñaron fue que debía llevarle todos los días una manzana a la maestra. La maestra se llamaba Ana. Arranqué con mucho entusiasmo y al culminar el primer mes sentí que había conseguido colocarme en el lote de los mejores alumnos. Al empezar el segundo mes ocurrió algo inesperado, la señorita Ana nos dijo: "Chicos, lamento comunicarles que los tengo que dejar porque me voy a trabajar de mucama a un hotel internacional en La Florida, cerca de Disney World, donde las propinas son bárbaras y en moneda extranjera. Los voy a extrañar mucho y les voy a mandar postales de Mickey y el Pato Donald. Pórtense bien". Simultáneamente, también los otros primeros grados se

41

quedaron sin maestras. Todas se habían ido a trabajar de mucamas a hoteles de La Florida. Entonces la directora juntó los primeros grados con los segundos grados. Yo seguí llevando mi manzana diaria, ahora a la señorita Lucrecia. Hasta que, al promediar el tercer mes, también la señorita Lucrecia y las maestras de los otros segundos consiguieron trabajo de mucamas en Orlando, Florida. Los alumnos de primero y de segundo pasamos a juntarnos con los de tercero. Yo seguía llevando mi manzana. Cuando las maestras de los dos terceros se fueron a Orlando, pasamos a cuarto. Ahí conseguimos afirmarnos durante un tiempo, casi tres meses sin interrupciones. Después tuvimos que recibir a séptimo, sexto y quinto, cuyas maestras también partieron a Orlando. Así que entonces estábamos todos los grados juntos. Casi enseguida perdimos a la última maestra que igual que las anteriores prometió mandar postales del Ratón Mickey y el Pato Donald. Por suerte quedó la directora, la señora Clarita, una mujer ingeniosa y aguerrida, que le puso el cuerpo a la situación y nos dijo: "Chicos, los nombramientos están congelados, hay ajuste presupuestario y no podemos esperar ayuda de nadie". Se consiguió un megáfono y daba clases parada sobre un escritorio a los alumnos de los siete grados. Su coraje pedagógico me agilizó la mente de una manera extraordinaria y así fue como, aunque de una forma poco ortodoxa, aprendí cosas de mi grado, de quinto, de tercero y de todos los demás. Algunas cosas se le escapaban de las manos a la señora Clarita, hay que ponerse en su lugar, por ejemplo el asunto de los recreos. A veces tomábamos los cuatro recreos juntos y las horas de clase todas corridas. El problema más grave lo teníamos cuando el presentismo era total. Se caían algunos chicos por las ventanas. Por suerte estábamos en la planta baja. Yo sentía gran admiración por la directora y siempre trataba de estar cerca de ella. Le llevaba mi manzana todos los días. Le sostenía el megáfono mientras ella se secaba la transpiración. Le ofrecía el hombro si sufría algún principio de desmayo. La señora Clarita era mi heroína. Así fue como gloriosamente llegamos al séptimo mes de clases. Hasta que un lunes, no me lo olvido más, con los ojos enrojecidos, la señora Clarita me hizo subir al escritorio y me dijo: "Armandito, acá están el megáfono y las llaves, de ahora en más vos sos el director de la escuela. Ya avisé al Ministerio que estás a cargo. Sé justo y equitativo y serás retribuido con respeto y amor, esforzate para mantener bien altos los valores de la educación pública. Yo me tengo que ir a Orlando, me ofrecieron un trabajo de jefa de mucamas, con muy buenas propinas. Chicos, no se pongan tristes, les voy a mandar postales, los quiero mucho". Y es así como desde hace un tiempo soy director de la escuela número 32, Ejército Auxiliador del Norte.

Los parroquianos aplaudimos calurosamente.

—Felicitaciones para el joven director y para el orgulloso abuelo —decimos todos.

POLO

◆

Para variar todos los parroquianos andamos con caras de chancleta. Cada cual hecho un nudo, rumiando sus angustias y sus broncas, la plata que no alcanza, la inseguridad del trabajo. Hasta el Gallego está con un humor de los mil demonios. El único que luce una sonrisa ganadora es el parroquiano Ribalta.

—Muchachos —nos dice—, córtenla con esa actitud derrotista y resentida, por qué no usan la energía en la dirección correcta, agucen el ingenio para encontrar soluciones novedosas. Permitan que me ponga como ejemplo. Nosotros, me refiero a mi familia, como todo el mundo usábamos el departamento para comer, dormir y mirar TV. Son setenta y ocho metros cuadrados que estaban absolutamente desperdiciados. Nos reunimos en consejo familiar con mi mujer Lidia, mi suegra doña Carmen, mi hija Marisela, mi pibe Oscarcito y decidimos conformar un polo industrial en nuestro departamento. Hicimos las reformas necesarias y transformamos todo el mobiliario en rebatible, de manera que ganamos prácticamente la totalidad del espacio. Subdividimos el departamento en diez áreas fabriles. Invitamos a participar en el proyecto a mi primo Pepe y a Pepa, la mujer, al tío Perico, al novio de Marisela, Romeo, a la profesora de química de Oscarcito, la señorita Hortensia. Y así quedó fundado el polo industrial de la calle Cinco Coroneles al 3900. En la cocina funciona una panificadora y empresa de catering, a cargo de doña Carmen, una fiera haciendo tortas y pizzas. La cocina es espaciosa y es compartida por una planta elaboradora de perfumes y esencias, *L'air de Paris*, dirigida por la señorita Hortensia. Dos hornallas para cada empresa. En una de las habitaciones se instalaron mi hija Marisela y el novio, cada uno ocupando una parcela. Marisela capitanea una empresa productora de pañales descartables para niños y adultos. Romeo lidera una fábrica de imágenes para diferentes cultos religiosos, San Jorge y el dragón, Buda, Yemanyá, la Virgen Desatanudos, la Difunta Correa, Kali, Zeus, el Gauchito Gil, etcétera. En la otra habitación se instalaron Pepe y Pepa. Pepe, que siempre fue un loco de la computación y un melómano fanático, es el alma máter de una empresa discográfica informal, Vudú Records. Pepa conduce una textil de antiguos tejidos incaicos, Hilanderías Machu Picchu. El tío Perico se hizo cargo del lavadero, también cómodo y con una gran pileta. Instaló una embotelladora de agua mineral y jugos seminaturales. Y aprovechando el espacio sobrante se asoció a la profesora Hortensia (que divide su tiempo entre la cocina y el lavadero) y levantaron una industria química para la elaboración de un producto multiuso que sale a la venta con el nombre de Mandrake, infalible como quitamanchas, desoxidante, lustramuebles, callicida, preventivo de la calvicie y óptimo para frituras sanas. En el living instalamos tres empresas. La Hermes, una ensambladora y recicladora de bicicletas y monopatines, a cargo de mi hijo Oscarcito, un empresario de alma. La Butterfly, una fábrica de delicadas flores de papel, con vistas al mercado exterior, dirigida con mano de hierro por mi querida esposa. Y en tercer lugar, The Gaucho, empresa piloteada por un servidor, industria de bombillas y facones destinados al turismo y al abastecimiento de los centros de tradición campera.

Todos los parroquianos rodeamos a Ribalta.

—¿Y cómo les está yendo a las empresas del polo fabril?

—¿Ya están vislumbrando algún resultado?

—¿Todas las empresas del polo consiguieron insertarse en el mercado?

—Ayer salió la primera Hermes de la planta de rodados —nos contesta Ribalta—. La fábrica de objetos de cultos religiosos ya ha recibido pedidos del norte profundo y del desamparado sur. Los primeros CD fueron lanzados al mercado con total éxito. El multiuso Mandrake ya está en las tintorerías, en las herrerías, en las mueblerías, en las farmacias y en las cocinas de los restoranes cinco tenedores. *L'air de Paris* está produciendo sin parar. En cualquier momento ustedes mismos se encontrarán diciéndoles a sus esposas: "Qué exquisito perfume francés, querida", sin sospechar que fue elaborado en la planta de Cinco Coroneles al 3900.

—Don Ribalta, ¿no queda un predio libre en su departamento?

—Justamente queda el balcón, les puedo ofrecer dos proyectos cuya factibilidad ya está determinada: una fábrica de escobas o una marroquinería. Elijan, decidan y súmense a nuestro polo industrial.

CIRCO

◆

P resiento que se vienen grandes cambios en el país y no quiero perderme la posibilidad de participar en esta oportunidad histórica. Así que apenas me hablan del licenciado Almayer, director de INSAFORPOL (Instituto Sarrasani de Formación Política), le solicito una entrevista y corro a verlo.

—Quiero probar fortuna en la política —le digo.

—Bienvenido a la mejor carrera del momento —me dice—. El curso completo se compone de seis disciplinas orientadas a desarrollar los principales aspectos de la gestión política. En cada especialidad se trabaja con una metodología teórico-práctica, se realizan ejercicios, dramatizaciones de casos célebres, discusiones en grupo y análisis personalizado con el instructor.

—Ya me estoy entusiasmando.

—Las disciplinas del curso son: 1) Trapecista y equilibrista. 2) Écuyère. 3) Domador. 4) Tragasables, tragafuego y contorsionista. 5) Clown. 6) Transformista. Todas las disciplinas son obligatorias y. solamente cuando los aspirantes hayan cursado la de transformista, que considero de fundamental importancia, podrán obtener el certificado INSAFORPOL de asistencia. Acompáñeme que le muestro.

Pasamos al primer salón. Hay trapecios colgados y sogas tendidas. Media docena de alumnos vuelan y hacen equilibrio dirigidos por un instructor. Mientras observamos, Almayer canturrea:

—Vueltas y vueltas en el aire, con soltura y con donaire,

siempre bien equilibrado, siempre cayendo parado, hábil en la cuerda floja, ni se arruga ni se sonroja, vueltas y vueltas en el aire, con soltura y con donaire.

Seguimos a la sala de la segunda especialidad. Una pista circular con obstáculos, un caballo blanco, una señora de tutú rosa parada sobre el lomo con los brazos abiertos.

—No me importan los obstáculos que me pongan por delante, sobre la bestia seguiré, osada y elegante —canturrea Almayer—. Pensado especialmente para la rama femenina.

Pasamos a la tercera sala. El instructor hace restallar el látigo, un león viejo mantiene la boca abierta y los alumnos meten y sacan la cabeza con rapidez. Algunos están vendados.

—Para templar la audacia y fortalecer la temeridad —explica Almayer.

—Veo que hay varios un poco masticados —comento.

—El león es buenazo, pero a veces se cansa de tener la boca abierta y se le desploma la mandíbula superior. Lo importante es que cuando el alumno meta o saque la cabeza lo haga con dignidad. Tengamos en cuenta que en el futuro, cuando ocupe su cargo, siempre habrá miles de ojos observándolo.

Sala número cuatro. Un alumno está tratando de destrabarse los brazos y las piernas que están hechos un nudo. Otro se apaga a los manotazos los bigotes chamuscados. Otro intenta tragarse una espada.

—Ondule, ondule el esófago —lo guía el instructor.

—Es fundamental tener el estómago adiestrado —me explica Almayer—. En esta carrera hay que estar listo para tragarse cualquier cosa, además de tener buenos esquives y un excelente juego de cintura.

Número cinco. Dos payasos se tiran tortas a la cara, se dan cachetadas muy sonoras y se persiguen con enormes garrotes falsos.

—El detalle amable. Es importante ganarse la simpatía de todos, no olvide que en cada adulto siempre hay un niño. Ríase un poco y aplauda, sea generoso, están haciendo su aprendizaje, estimúlelos.

Número seis.

—Ésta es la disciplina que consideramos clave. Observe con cuidado, le puede ser útil incluso para otras carreras.

El instructor despliega unas telas de colores delante de su cuerpo, gira veloz y se transforma en un monje zen con un rastrillo, trazando círculos en la arena de un jardín seco, alrededor de una roca. El instructor vuelve a girar entre las telas y se convierte en Caperucita Roja llevando su canastita, y el lobo acechándola. Otro juego de telas y aparece Tarzán con la mona Chita sobre el hombro. Nuevo giro y es Jorge Newbery en su avión.

—¿El avión es la mona Chita, el lobo y la roca? ¿O la mona Chita es Caperucita y el monje? ¿O Tarzán es Jorge Newbery, la roca y la canastita? —pregunto.

—Ya lo sabrá cuando inicie el curso. No tenga duda de que en esto que acaba de presenciar se encuentra el éxito de su futuro en el mundo de la política. ¿Lo convencí?

—Absolutamente.

¡ÉSE ES MI PIBE!

◆

Acaba de pedir la palabra el parroquiano López y todos nos aprestamos a escucharlo.

—Algunos felices padres tienen la fortuna de que un hijo le nazca con oído absoluto y por lo tanto se convertirá en músico de excepción. Otros niños tienen el don del color y la línea, serán artistas famosos. Otros vienen al mundo con un ángel en el pie izquierdo y se convertirán en ídolos en las canchas de fútbol. Yo puedo afirmar con orgullo que mi hijo Adolfito también es un virtuoso.

—¿Arte, ciencia, deporte? —preguntamos.

—Lo vengo siguiendo desde la cuna y ahora que tiene ocho años puedo asegurarles que ya es un artesano de la alta alcahuetería. El niño más alcahuete que haya conocido. Lo único que me desvela es cómo encauzar esa vocación.

—Si me permite —dice el parroquiano Ortega—, el ámbito más propicio para desarrollar ese especial talento es la carrera política. Me gustaría contarles el caso de un pariente mío, formidable alcahuete desde los cuatro o cinco años, un Mozart de la alcahuetería, que no sólo hizo una gran carrera sino que amasó una fortuna. ¿Y en qué campo? La política. Eso sí, estimado López, asegúrese de que su hijo tenga verdaderamente el don, porque la competencia es feroz y la carrera es larga. Mi pariente empezó alcahueteando en la sociedad de fomento del barrio y después se consiguió un puesto de cafetero en el Concejo Deliberante. A partir de ahí, chimento va, chimento viene, pasó al

53

Poder Legislativo y un buen día, siempre gracias a su habilidad para la alcahuetería, lo eligieron diputado. Fue soplón de los presidentes de bloque de todos los partidos y del presidente de la Honorable Cámara. En pocos años tocó la cima y apareció parado detrás del sillón del presidente de la Nación, hablándole al oído. Imagíneselo a su pibe en ese lugar.

—Qué lo tiró —decimos todos—, no es fácil llegar hasta el sillón de Rivadavia.

—Y eso no es todo, ahora está en una etapa todavía superior: alcahuetea para la esposa del presidente.

—No voy a desmerecer el sabio consejo del amigo Ortega —dice el parroquiano Olivieri—, pero a mi entender la carrera de las armas es la que ofrece las mejores oportunidades para un pibe con ese talento. Casi le diría que le garantiza una ascensión meteórica, viaje expreso y sin estaciones intermedias desde el Liceo hasta los rangos más altos. Si tiene el talento que usted asegura, créame que alcahueteando con eficacia para uno o varios de los jefes inmediatos, un día no muy lejano usted lo verá a su pibe cargado de condecoraciones, luciendo todas las estrellas y brillando en el firmamento militar al calor de la gloria.

—Yo no soy quien para discutir cuál es la mejor elección para su pequeño alcahuete —dice el parroquiano Santino—, pero tengo un sobrino, Federico, que precisamente fue favorecido por la naturaleza con una extraordinaria capacidad para la alcahuetería. Eligió el mundo del dinero y allí aplicó su talento. Los grandes negocios son para un alcahuete como una pradera de hierba tierna donde puede retozar a gusto. Federico actuó en el área de emprolijamiento de divisas, pasó a la exportación de insumos bélicos, luego se fue a Colombia y se vinculó a la industria química informal y finalmente pegó el gran salto a los Estados Unidos. Hoy Fede es consejero, hombre de confianza, mano derecha, asesor insustituible y compañero de juergas de don Vito Galante, que lo adora como a un hijo. ¿Y saben por qué? Porque es esforzado, aplicado y consecuente. Trabajó tan finamente su habilidad para la alcahuetería que se ha vuelto un vidente. No sólo puede filtrarse en los sitios y los ambientes más inexpugnables, sino que es capaz de captar lo que están pensando o incluso lo que puedan llegar a pensar en el futuro los competidores de don Vito Galante. Escucharon bien: incluso aquello que todavía no pensaron. Si su pibe tiene la capacidad que usted asegura, disciplínelo hasta que llegue a ser como mi sobrino, un alcahuete vidente.

—Todos los consejos que le están dando al amigo López son impecables —dice el parroquiano Clemente—, pero están olvidando la carrera de las carreras, la de la espiritualidad y la fe, me refiero a la eclesiástica. ¿En qué otro ámbito reina un clima de claustro académico como ahí? Es un camino de esfuerzo y paciencia, que comienza desde monaguillo con las primeras prácticas de alcahueterías, para seguir en los pasillos y los oscuros meandros de los seminarios, hasta recibir la gran llave que es la habilitación para escuchar confesiones: la mayor fuente de información de todos los tiempos. Y luego, munido de ese *ábrete Sésamo*, trepando y trepando, primero llegará el purpurado y finalmente Roma. Amigo López, piénsese a usted mismo en la gran plaza, esperando ansioso el humito blanco de la *fumata*, con su hijo en la terna de candidatos, y el momento de mayor gloria, el pibe elegido por la palomita celestial y consagrado en lo más alto del escalafón, único, directo, sin intermediarios y sin competencia, máximo alcahuete del Supremo Hacedor de todas las cosas. ¿Se lo imagina?

VERDES

◆

Noche de sinceramiento en el bar. Los parroquianos dejamos de lado todo orgullo, damos vuelta los bolsillos de pantalones, sacos y camperas, y nos mostramos unos a otros que adentro solamente hay pelusas. El Gallego saca el cajón de la caja registradora, lo da vuelta sobre el mostrador y lo único que cae son un par de clips y un montón de facturas impagas. Miseria total.

—¿Por qué no me pasará de nuevo lo que me pasó en enero? —suspira el parroquiano Piñero—. Qué lindo sería. Pero la suerte debe ser como el rayo, difícil que caiga dos veces en el mismo sitio. Iba en el 101, mirando por la ventanilla, y veo al lado del cordón de la vereda un rollito de papeles atados con una goma. Billetes, pensé. Me tiré en la parada, dos cuadras después, volví corriendo y ahí estaban, esperándome. Doscientos dólares en billetes de veinte. Me salvó el mes.

—Lo felicito, para estas cosas hay que tener el ojo atento y los reflejos muy rápidos —dice el parroquiano Cáceres—. Yo, hace menos de una semana, en Corrientes y San Martín, divisé unos verdes en el suelo, a una distancia de unos diez metros, doblados, me pareció que eran billetes de cien, apuré el paso y ya casi los tenía, pero una ancianita que estaba en la vereda de enfrente cruzó como una saeta esquivando los autos, recogió los verdes de un manotazo delante de mis narices y siguió de largo como una gaviota que acaba de atrapar un pez. Me dejó con el brazo estirado y la mano abierta.

—Los verdes son así, igual que las liebres, pueden saltar en cualquier parte —dice el parroquiano Pereira—. Mi primo Coco, que estudia Medicina, le compró unos libros a la viuda de un médico y se puso a hojearlos mientras volvía a su casa en colectivo, ¿y qué había ahí?, cada veinte o treinta páginas, planchadito, un billete de diez. Se alzó con trescientos dólares.

—Ahora que tocaron el tema —dice el parroquiano Calvino—, les voy a contar una historia también de hace muy poco, triste en cierto sentido pero con un final feliz en otro sentido. Protagonista, la abuela Rosina, noventa y seis años, jubilación mínima. Toda la parentela colaboraba con lo que podía para los medicamentos y cada peso que uno ponía era un parto. Y cuando Rosina se despidió definitivamente de nosotros hubo que afrontar más gastos. En medio del dolor y la preocupación por juntar el dinero necesario, reunidos en la vieja casa de la abuela, preparamos café, sacamos el juego de porcelana del casamiento de Rosina que ella nunca usaba y cuando destapamos la azucarera, *surprise*, novecientos dólares.

—Yo tengo el caso de mi primo, recién casado y sin un mango —dice el parroquiano Bastieri—. Alquiló un departamentito de pasillo muy deteriorado y se puso a hacer unos arreglos. Empezó por un placard al que le faltaban estantes. Las tablas no entraban en las ranuras de los parantes, mi primo metió un dedo y sintió que había unos papeles, ¿y a que no saben qué era?

—Verdes —gritamos todos.

—Efectivamente, quinientos dólares prolijamente encanutados.

—Señores, ha quedado en evidencia que hay dólares por todos lados —dice el Gallego—. Solamente es cuestión de saber encontrarlos. Hay que estar alerta y con el pensamiento siempre puesto en dirección de los verdes. ¿Quién me puede asegurar que el anterior dueño de este bar no haya escondido algunos fajos por ahí y después se olvidó de dónde los había metido?

—Tiene razón, Gallego, acá tiene que haber dólares.

—Pueden estar en los depósitos de agua de los baños, en las paletas del ventilador de techo, en las cañerías, dentro de las patas de las mesas, en la máquina de café. Pero tengo el pálpito de que el tipo los escondió debajo del piso. Seguro que los metió ahí. Yo toda la vida fui un buen escondedor, y el que es buen escondedor es también buen encontrador. Ya estoy agarrando una barreta y me pongo a trabajar.

—Si hay dólares en este bar, ¿por qué no va a haber en mi casa?

—Y en la mía.

—En la mía también.

—En la casa de todos hay dólares.

—¿Qué estamos esperando?

Y mientras el Gallego empieza a desclavar las tablas del piso salimos en estampida a explorar los rincones oscuros, secretos y nunca visitados de nuestros hogares.

DOS CABEZAS

◆

No lejos de casa hay un barcito escondido, de solamente cuatro mesas: *La Rosa de Shantung*. A veces me doy una vuelta. El dueño es Li Po. Tiene como cien años. Es un chino de pocas pulgas, pero cuando no está de mal humor se le puede arrancar alguna historia. Hoy pido mi té de jazmín y le digo:

—Don Li Po, ¿por qué no me cuenta una historia de su tierra milenaria tan llena de misterios?

—Puedo contarle la historia del emperador que tenía dos cabezas, si promete no interrumpir —dice Li Po, sin dejar de ordenar y limpiar.

—Don Li Po, ¿usted no decía *empeladol* hasta hace poco? ¿No era que no podía pronunciar las erres?

—Sólo cuando estoy haciendo negocios. Rápido ruedan las ruedas redondas del ferrocarril.

—Pronunciación perfecta.

—Si quiere escuchar la historia no interrumpa.

—Discúlpeme, don Li Po, no volverá a suceder.

—Había una vez, en mi milenaria tierra, hace mucho, antes de que se construyera la Gran Muralla, un emperador llamado Kung Chia, decimocuarto heredero de la dinastía Hsia, que sirvió a demonios y duendes y adoró secretamente a Shang Ti, dios supremo de una casa imperial enemiga. Como consecuencia de sus perversiones, Kung Chia tuvo un heredero deforme, Wu Chi Yu, de muy baja estatura, casi un enano, y que tenía dos cabezas.

—¿Bicéfalo?

—No interrumpa.

—Lo siento, don Li Po, no volverá a ocurrir.

—Las cabezas nacían del mismo cuello, eran pequeñas y juntándolas apenas se hubiese logrado una de tamaño normal. Desde chiquito, Wu Chi Yu, para disimular su deformidad, cubría alternativamente cada una de las cabezas con un hermoso faisán hecho de seda y oro. Las cabezas no se llevaban bien, perseguían intereses distintos. Una albergaba sueños de gloria eterna y aspiraba pasar a la posteridad como el gran renovador y salvador del vasto Imperio. La otra estaba dominada por la lujuria y la codicia, y lo único que le interesaba eran la conga y la pachanga. Las prédicas de la primera cabeza entorpecían los desenfrenos de la segunda. El libertinaje de la segunda deterioraba la imagen que la primera pretendía imponer. En algo coincidían, ambas eliminaban sin escrúpulos a quienes dificultaban sus planes. Gobernaban un día cada una. Habían establecido un acuerdo: la que estaba tapada con el faisán debía guardar silencio y respetar las decisiones de la otra hasta que llegara su turno. Nadie conocía el secreto del emperador. Los ministros recibían todo el tiempo órdenes distintas, los favoritos caían en desgracia cada veinticuatro horas.

—¿Cómo es posible que nadie sospechara ante tantas contradicciones?

Li Po me mira y resopla molesto:

—Ya le expliqué que el emperador era petiso. Los súbditos decían: es un enano y todo el mundo sabe que los enanos son de pensamientos perversos porque tienen la cabeza muy cerca del culo.

—Nunca se me hubiera ocurrido semejante razonamiento.

—No interrumpa.

—Lo lamento, don Li Po, no se repetirá.

—En la intimidad del dormitorio imperial, ya sin el faisán, las dos cabezas se enrostraban la ejecución de algunos favoritos. Decidieron limitarse mutuamente el poder y someter las futuras decisiones a la imparcialidad del azar. Jugaban a la batalla naval. "Alado y Fastuoso Viceministro de Progreso, Cultura y Moralidad", decía la cabeza lujuriosa. "Tocado", contestaba la cabeza que aspiraba a la inmortalidad. "Magnífico y Sublime Subdirector de Lupanares y Timbas", decía ésta. "Hundido", contestaba la otra. "Excelsa, Celeste y Opulenta Conservadora de Caminos, Prados y Bosques Imperiales". "Agua". "Soberbio e Ilustrísimo Recaudador de Impuestos y Director de Inmolaciones". "Hundido". En los días siguientes, las cabezas de los funcionarios hundidos eran separadas de sus cuerpos.

—Ya me está doliendo el cuello con tantos decapitados.

—Me interrumpió de nuevo.

—Perdone, don Li Po, juro que es la última vez.

—Había gran desconcierto en el Imperio. Por un lado, una corrupción total. Por el otro, campañas moralizadoras de una energía ejemplar. Funcionarios y súbditos trataron de asimilar esa realidad y también ellos, por reflejo, comenzaron a cambiar de personalidad todos los días. Se pusieron de moda unas caretas, calcos perfectos de la cara del portador, para ser colocadas en la nuca. Se popularizaron los zapatos de doble punta, una para adelante y otra para atrás. La vestimenta con botonadura delante y en la espalda. Se hicieron muy populares las academias de ventrílocuos. En algunas regiones remotas del Imperio, donde se recibía escasa e incierta información, llegaron a usarse tres caretas: una atrás y dos a los costados.

—¿Tres caretas?

—Silencio.

—Disculpe.

—La confusión era absoluta. La gente dejó de mirarse a los ojos porque ignoraba si estaba enfrentando la cara real o la careta. Desapareció la mentira por la sencilla razón de que no se sabía cuál era la verdad. Nadie pudo ya diferenciar el bien del mal. Y así fue como las dos cabezas convirtieron al Imperio en un espejo de su extraña naturaleza, hasta tal punto que, arrastradas por el caos y la ambigüedad imperantes, ni siquiera ellas supieron a qué atenerse y cómo seguir ejerciendo el poder que habían heredado de Kung Chia, decimocuarto descendiente de la dinastía Hsia.

Li Po calla.

—¿Puedo hacer una pregunta?

—Puede.

—¿Cómo terminó esa historia tan fascinante?

—Ese tipo de vida le costaba mucha plata a los pobres súbditos, las caretas venían cada vez más caras, había que importarlas de lejos, lo mismo que los zapatos de doble punta. Alguien se acordó de aquel antiguo dicho de *muerto el perro se acabó la rabia*, así que armaron una honda gigante con un árbol que tenía dos ramas en horqueta y la usaron para tirar al emperador bien lejos.

—¿Cuánto de lejos?

—Tanto que nadie quiso hacerse cargo del flete para mandarlo de vuelta. Hace una hora que está con el mismo té de jazmín. O se toma ése y pide *otlo*, o deja ése y pide *otlo*, *siemple* pide *otlo*.

PERSONALIDAD

◆

E s sábado a la tardecita y del otro lado del vidrio del bar pasa un ovejero alemán arrastrando a un hombre.

—Ahí va Drago que lo sacó a pasear al licenciado Cornejo —dice el parroquiano Salvatierra.

—¿A esta hora? Siempre lo saca después de oscurecer.

—Ese perro hace lo que quiere, saca a su patrón cuando se le da la gana, es un animal de mucho carácter. He visto pocos bichos con semejante personalidad.

—Bueno —dice el parroquiano Diego Mileo—, para animal con personalidad fuerte yo les puedo hablar de Mata Hari, la gata de mi primo Ernesto, un bicho realmente admirable, un carácter tremendo. La meloneó tanto a la frígida de Maruja, la mujer de mi primo, que terminó convenciéndola de que no había nada más afrodisíaco que el alimento balanceado *Michifuz*. Almorzaban juntas, muy sentaditas a la mesa del comedor, la gata ronroneando de contenta y Maruja atragantándose de alimento balanceado.

—¿Y cómo resultó la cosa?

—Si nos atenemos a los resultados parecería que la gata tenía razón y el alimento balanceado *Michifuz* resultó ser realmente un poderoso afrodisíaco. Tampoco hay que perder de vista el carácter y el gran poder de sugestión de Mata Hari. Pero lo cierto es que la mujer de mi primo dejó de ser Maruja la Frígida y se convirtió en un volcán. Por la noche lo llevaba a mi primo a hacer el amor sobre el tejado de la casa. Desde ahí pegaba unos alaridos que ponían incandescente a todo el vecindario, incluso a los gatos. Esa Mata Hari era un bicho con un carácter impresionante.

—Ésa y otras historias por el estilo son bastante fáciles de entender cuando se trata de animales domésticos, que fueron puliendo su personalidad al haber sido criados entre humanos —dice el parroquiano Luciardi—. Pero yo vi un pingüino melonear a toda una familia: los Camargo. Lo trajeron de la Patagonia. Qué carácter soberbio tenía ese pingüino. Un bicho realmente excepcional. Con decirles que al mes lo único que se comía en esa casa era pescado fresco. A los dos meses el padre, la madre, los hijos, empezaron a caminar bamboleándose. A los seis meses todos estaban usando frac. Por la tardecita, era un regocijo verlos salir a pasear en fila india por el barrio. Los Camargo estaban totalmente apingüinados.

—Yo conocí un húngaro que se ganaba la vida amaestrando pulgas —dice el parroquiano Gómez—. Pero hubo una pulga con la que no pudo. Se llamaba Juanita. Un día pasó algo misterioso. El húngaro empezó a desplazarse a los saltitos. En poco tiempo pegaba unos saltos de cinco o seis metros como si nada. Entraba en una habitación por una puerta y salía por la otra sin tocar el piso. Empezó a hacer pruebas cada vez más difíciles: salto mortal, doble salto mortal, triple, cuádruple, todo sin red. Tanto fue así que el dueño del circo le armó un número para él solo.

—¿Y la pulga Juanita?

—Ella era la coreógrafa del espectáculo.

—Me gustaría contarles el caso de un canario —dice el parroquiano Tito Juárez—. Se llamaba Caruso, tenía una garganta de oro y un carácter de esos que no se empardan. Pero el dueño no se quedaba atrás. Don Tiberio era un albañil calabrés, comedor de cebollas crudas y ajíes picantes, pesaba más de cien kilos y se fumaba cinco atados de cigarrillos negros por día. Puedo decirles, porque viví la experiencia de cerca, que ese canario se encontró con la horma de sus zapatos. Un buen día se empezaron a mirar fijo y fuerte. No se dieron ni un palmo de ventaja. Carácter contra carácter, personalidad contra personalidad. La lucha de voluntades fue terrible, cuando esos dos estaban cerca uno del otro el ambiente se electrizaba. Un buen día don Tiberio dejó de fumar y empezó a perder peso. De cien kilos bajó a ochenta, a sesenta, a cincuenta, a cuarenta. Le quedaron unas patitas finitas como alambre. Se vino rubio, casi albino, y la voz se le aflautó. Estaba totalmente acanariado.

—¿Y Caruso?

—Engordó como un chancho. Pesaba como cuatro kilos. Apenas podía moverse. Reventaba todas las jaulas. Cambió el alpiste por la comida picante, los salamines y el provolone, y se fumaba todos los puchos que encontraba tirados por ahí, si eran negros mejor. Nunca en mi vida asistí a una pulseada de personalidades como la de Caruso y don Tiberio.

—Ahí vuelve Drago trayendo a Cornejo.

—Lo debe estar castigando por algo al licenciado, porque el paseo fue bastante más corto que otras veces.

RICKSHAW

◆

R ecorro los bosques de Palermo donde se congregó una multitud y me detengo ante un cartel que dice: *El rickshaw solidario*. Sobre una tarima, un alto funcionario está siendo entrevistado para la TV.

—Señor ministro, ¿qué nos puede decir de esta gran fiesta popular?

—Éste es el primer festival de competencia de rickshaw en el que intervienen los países hermanos de Bolivia, Perú, Uruguay y la Argentina. Un cuadrangular, igual que en el fútbol. El rickshaw, considerado en su aspecto deportivo, combina diferentes disciplinas. Los corredores o andarines (elegimos este último nombre porque es alegre) están divididos en tres categorías: livianos, medianos y pesados. En eso se asemeja al boxeo. Cada competidor lleva en la espalda un número indicador de los HP (caballos de fuerza) que es capaz de desarrollar. Y eso nos recuerda al automovilismo. La fiesta de esta tarde, por otra parte, inaugura el lanzamiento del rickshaw como revolucionario medio de transporte. ¿Qué han tenido en común países tan exitosos como Japón, Corea, Taiwan? El arroz y el rickshaw. Nosotros tenemos arroz, pero no tenemos rickshaw. Por eso resolvimos crear la Compañía de Rickshaw para el Cono Sur. Compramos rickshaw en desuso a los países orientales a tres dólares con cincuenta la tonelada y los reacondicionamos. Los hicimos filetear con bellas frases como: *Madre, abismo de amor sin medida; Que Dios te dé el doble de lo que me deseás a mí; Mujeres y motores, alegrías y dolores.* Es el progreso que llega a nuestro querido país.

Cerca de la tarima, moviéndose inquietos dentro de los corrales, los competidores esperan su turno masajéandose las piernas. Cuatro de ellos acaban de alinearse en el asfalto, sujetando firmemente las varas, listos para largar. Un parlante anuncia la categoría de los concursantes y aclara que los cuatro pasajeros sentados en los rickshaw han sido elegidos entre espectadores que superan los ciento cuarenta kilos.

—¿Quiénes podrán aspirar a ser andarines? ¿Habrá algún criterio de selección? —pregunta la periodista.

—Preferimos gente del noroeste, para mantener cierto toque oriental. Estamos tratando de cambiar su dieta habitual que es el maíz y reemplazarla por el arroz.

—¿Algún otro detalle pintoresco? ¿Cómo será la indumentaria?

—En verano los andarines usarán musculosa y gorra con visera. En invierno, buzo y gorra de colla. La ropa llevará la publicidad de importantes empresas. En cuanto al calzado, los proveeremos de nuestra tradicional, noble y segura alpargata, auspiciada por su fabricante. Tendremos rickshaw especiales para acontecimientos felices y también para los dolorosos. En el primer caso lucirán adornos festivos acordes con la celebración. En el segundo estarán rigurosamente pintados de negro y los andarines llevarán corbata y sombrero de copa. Además estamos programando servicios a Luján, La Plata y Mar del Plata, con sistema de postas.

—Es una pena que en esos viajes largos el pasajero no pueda conversar con el conductor.

—Está solucionado. Instalaremos walkmans en cada rickshaw para hacer más placentero el viaje.

—¿Otras reflexiones sobre las ventajas del rickshaw?

—Las ventajas son innumerables. Solamente citaré algunas: la seguridad y la economía, el ahorro de combustible, la falta de ruidos molestos y de contaminación ambiental, la creación de un nuevo deporte, la absorción de mano de obra desocupada.

—¿Qué es ese diploma, señor ministro?

—Nos fue otorgado por la Sociedad Internacional Protectora de Animales, al considerar nuestro *Rickshaw solidario* (después de tantos años de explotación de ese noble animal que es el caballo) como el primer ejemplo reivindicatorio en el mundo occidental.

El griterío de la gente me advierte que los competidores aparecieron en la curva y se acercan a la meta. Corro, me abro paso y llego a tiempo para presenciar un final bandera verde entre Bolivia y Argentina.

TUTTI LADRI

―――――――――――――◆―――――――――――――

P or el bar del Gallego pasa toda clase de gente. De tanto en
tanto también algunos chorros. Compartiendo la barra, me
hice medio amigo de un par de ellos, me tomaron confianza y
me invitan como observador extraprofesional a un congreso de
chorros. Acepto porque siempre fui una persona curiosa y me
interesan todos y cada uno de los oficios terrestres.

El evento se lleva a cabo en un renombrado salón de con-
venciones. En la entrada nos advierten:

—Señores, les recuerdo la regla de oro: Entre nosotros, no.

Mis acompañantes dicen que por supuesto y yo también
asiento. Adentro me presentan a varios concurrentes y todos
me estrechan la mano con entusiasmo. Tomo ubicación y estu-
dio el panorama. Algunos se vinieron con la ropa de trabajo y
puedo reconocer a los chorros finos porque usan guantes blan-
cos. Otros, los más proleta, están con gorra y antifaz. Antes de
que comience el acto me doy cuenta de que me falta el reloj.
Miro por el piso, pero debo interrumpir la búsqueda porque se
corre un cortinado, aparece el presidente y sube al estrado.
Detrás de él, en la pared, hay una pintura de San Dimas, el
ladrón bueno del Calvario, santo patrono de los chorros. El
presidente pide un minuto de silencio por los compañeros que
están guardados. Después empiezan las ponencias. Descubro
que hay varias líneas. Los independentistas, los autóctonos,
los repentistas, los ortodoxos, los pragmáticos, los románticos
y los internacionalistas.

El primer choque es entre los independentistas y los ortodoxos.

—Todos los días nace un gil y si uno lo agarra es suyo, los tipos que yo choreo son de mi exclusiva propiedad —sostiene el portavoz de los primeros.

—No, señor, los choreables son de todos, pertenecen a la hermandad.

En voz baja le digo a mi vecino:

—¿No habrá visto un relojito por casualidad? De ésos con agujas.

Sigue un intento de los románticos, quienes proponen robar en los barrios ricos y no en los pobres, en las iglesias ostentosas y no en las humildes, respetar a los indefensos, a las viejitas y a los chicos. El rechazo es unánime y desde todos los ángulos los abuchean:

—Eso es desviacionismo nihilista.

Una voz les grita:

—Comprate una pilcha como la gente.

En efecto, los románticos no tienen buen aspecto y además son una insignificante minoría, suman nada más que dos, un viejo y el otro de mediana edad, deben ser parientes porque se parecen, tal vez abuelo y nieto. A mí me caen simpáticos, lástima que no tengan éxito. ¿Dónde estará mi reloj? Aprovecho una pausa y vuelvo a preguntar, esta vez en voz alta:

—¿Alguien vio un relojito con malla de cuero negra?

Sigue una escaramuza entre la rama femenina, aunque las presentes no son chorras sino esposas de los chorros, y durante un rato se agarran con ganas y los términos que usan son del tipo soplona, batidora, mechera, choriza, esposa de ladrón de gallinas. Una mujer joven, que está sentada al fondo del salón, se para y las mira con desprecio:

—Yo soy ladrona por mí misma, no por ser la mujer de nadie. Lo único que ustedes han sabido robar en la vida es lo que está en los bolsillos de sus maridos.

Se oye la voz del presidente en el micrófono:

—Señoras, tengan calma, dejen explayarse a los expositores.

74

Grito:

—¿Alguien vio un relojito rectangular con correa de cuero negra, cuadrante también negro y agujas blancas?

La confrontación más dura es la que sigue, entre los internacionalistas y los autóctonos. Los primeros proponen conectarse con la gente de Chicago, concretamente con la familia Luciano, y traer un equipo de especialistas para que los organicen y los pongan al día sobre las nuevas técnicas:

—Necesitamos asesoramiento de la gente que sabe, ellos son del Primer Mundo, tienen toda la tecnología.

La línea autóctona se opone:

—Absolutamente peligroso, los únicos que tienen que robar acá somos nosotros, esto es nuestro, estos giles son nuestros giles, estamos en condiciones de robar tan bien como cualquiera, y no hay razón para entregarle nuestro rico patrimonio a ningún extranjero, porque si llegan a meter mano, después ¿quién le saca la parte?

—Pero eso es desconfiar de gente de la profesión.

La pelea es ardua. Voz del presidente:

—Señores, les recuerdo el *Martín Fierro*: los hermanos sean unidos.

Trato una vez más de hacerme escuchar y levanto la mano pidiendo la palabra:

—Disculpen, sé que soy un poco inoportuno, no es mi intención interrumpir las ponencias, pero alguien me madrugó de entrada y desearía recuperar mi reloj, es un reloj chiquito, correíta de cuero negra, hace rato que lo vengo reclamando y nadie me da bola, y ya que el señor presidente citó el *Martín Fierro* quisiera recordar lo que en situaciones como ésta dicen los paisanos de mis pagos, los gauchos de la pampa: acá todos somos muy honrados pero el poncho no aparece.

CÓNDOR

◆

E s temprano, apenas acaba de oscurecer, y acodados en la barra sólo estamos el parroquiano Cacho Santana, un señor de traje con chaleco que toma whisky y yo, que todavía no decidí con qué inaugurar la noche. El Gallego repasa con una franela las botellas de la estantería. Al tipo de chaleco no lo hemos visto nunca, pero el segundo o tercer whisky lo vuelven súbitamente comunicativo y nos suelta su discurso como si fuéramos viejos conocidos.

—No debemos perder de vista los grandes principios —nos dice—, aquellas coincidencias fundamentales que nos mantengan por encima de egoísmos y mezquindades, y nos permitan mirar alto, muy alto, y remontarnos allá arriba donde vuela el cóndor, porque precisamente ése, el cóndor, es el símbolo que yo elegiría para que nos ilumine y nos sirva de guía en estas épocas difíciles del país.

Habló con tono de político en campaña y no sería raro que se trate de alguien que anda enroscado en algún partido. Santana es el único que lo escuchó con atención. El Gallego ni se dio vuelta y yo sigo sin decidir qué voy a tomar. Santana asiente, le dice al trajeado que está de acuerdo, que está bien, que también él siempre sintió admiración y reverencia por la imagen poderosa del cóndor, pero que debemos tener cuidado, porque a veces incluso el cóndor corre el riesgo de abandonar las alturas y mezclarse con las vulgaridades que se arrastran a ras del suelo.

—Voy a contarle una de cóndores —anuncia Santana.

Recuerda que, siendo adolescente, le tocó andar durante una larga temporada por la cordillera. Trabajaba como ayudante de un carnicero que estaba a cargo de la provisión de carne en una mina. La mina tenía un campamento en la base del cerro y otro casi en la cumbre. El carnicero y él atendían cuatro días abajo y tres días en la cima. Siempre había un cóndor volando allá arriba. Una tarde bajó y se paró sobre una roca, a menos de cincuenta metros de las barracas de la cumbre. Era un cóndor de golilla y el carnicero estaba deslumbrado por su aspecto imponente. Cuando lo vio remontar vuelo y alejarse fue hasta la roca y dejó un pedazo de carne con la esperanza de hacerlo regresar. En efecto, el cóndor apareció un rato después y aceptó el obsequio. Volvió al día siguiente y al siguiente, y siempre había un trozo de carne aguardándolo. Cuando tuvieron que trasladarse a la base del cerro, el cóndor no tardó en detectar al carnicero y fue a buscar su ración allá abajo. Aprendió que lunes, martes y miércoles el puesto funcionaba en la cumbre. Jueves, viernes, sábados y domingos, en la base. Llegó el momento en que el carnicero podía acercarse lo suficiente como para arrojarle los trozos de carne que el cóndor apresaba al vuelo. Y así se fueron haciendo amigos. El cóndor ya no se alejó y se quedó a dormir ahí mismo, no lejos de las barracas. Más aún, con el tiempo se fue arrimando y andaba por debajo de las mesas del comedor, entre las piernas de los hombres, como un cachorro o una gallina grandota, y hasta robaba comida de los platos.

—Se había vuelto muy confianzudo el Poroto.

El trajeado se escandaliza:

—¿Le decían Poroto?

—Así lo habían bautizado los muchachos de la mina. Resumiendo, el cóndor se aquerenció, comía de todo, no sólo carne, sino también las sobras de los almuerzos y las cenas. Tragaba como una draga, fue engordando y dejó de interesarle volar sobre los picos y entre las nubes. Se conformaba con revolotear cerca del suelo, saltando de roca en roca. El carnicero, que había admirado su majestuosidad, se irritó ante el abandono en que había caído. Empezó a tratarlo mal y a humillarlo, con la intención de hacerlo reaccionar. Lo pateaba cuando se acercaba recla-

78

mando otra ración, le daba panes con piedras adentro, le vaciaba el mate con la yerba usada en la cabeza. Pero no había caso, el cóndor se sometía a cualquier afrenta por un poco de comida. Engordó cada vez más y llegó un momento en que, cuando debíamos trasladarnos desde la base del cerro hasta la cima, las cosas se complicaron mucho para el cóndor. ¿Sabe cómo subía?

—¿Cómo?

—Caminando.

—No le puedo creer.

—De todos modos hay que reconocer que aquel cóndor no era ningún tonto, demostraba inteligencia, aunque solamente la aplicaba para seguir saciando la gula. Se las había ingeniado para evitarse la caminata hasta la cumbre y los lunes por la mañana se acomodaba en la camioneta, sobre la carga, para que lo transportáramos. Era una subida brava y a veces con los saltos y las curvas salía despedido. Cuando llegábamos arriba advertíamos que ya no estaba en la camioneta y lo veíamos trepando trabajosamente por el camino zigzagueante, arrastrando su panza por las piedras como un pingüino obeso.

Es evidente que el relato acaba de deprimir al trajeado:

—Cualquiera que lo escuche va a creer que los cóndores son nada más que unos bichos idiotas y tragones.

—No me estoy refiriendo a todos, hablo de uno que conocí. Lo que sí pienso es que los cóndores tienen que servir para ser cóndores, tienen que mantenerse volando alto. La experiencia me dice que cuando se ponen muy angurrientos empiezan a volar bajo, pierden dignidad, después dejan de volar y finalmente les agarra la zoncera.

DISCURSOS

◆

S igo pensando en la posibilidad de anotarme en el Instituto Sarrasani de Formación Política del licenciado Almayer. En la entrevista que tuvimos hace un tiempo me quedó una pregunta en el tintero: ¿quién les escribe los discursos a los políticos? Y justo vengo a enterarme de que el licenciado Almayer es además director de la agencia Cicerón S.A., que se especializa en proveer discursos. Solicito una nueva entrevista y me la concede.

—¿Cómo trabajan? —pregunto—. ¿Tienen un cuerpo de redactores expertos en el tema? ¿Poseen un archivo de discursos? ¿Se basan en modelos clásicos?

—No precisamente —me contesta Almayer—, nuestro método es más creativo. Aprovechamos todo tipo de elementos, muy a menudo material que en principio se podría calificar como de descarte, y que otras agencias competidoras dedicadas a este mismo rubro ni siquiera se dignarían considerar.

—¿A qué llama material de descarte?

—La lista es interminable. Le nombraré, eligiendo al azar, algunas de las fuentes inspiradoras: el prospecto de un medicamento, la publicidad de una pomada para zapatos, frases de películas, textos literarios, folletos de todo tipo, fábulas, canciones, refranes, poesía gauchesca, que es especialmente buena para los oradores del interior.

—¿Cómo rescatan ese material?

—Hemos combinado la búsqueda tenaz del científico con el arte del orfebre. Nuestro lema es: "Discreción e imparcialidad".

81

A nuestros usuarios les garantizamos elocuencia y persuasión. Justamente estamos ultimando los detalles del discurso que un alto funcionario pronunciará mañana en la inauguración de un geriátrico comunal.

—¿Podría mostrarme algunos párrafos?

—Es material confidencial, pero haré una excepción.

—Muy amable de su parte.

—La frase que leeré en primer término pertenece a la etiqueta de un envase de sal gruesa y dice así: "Esta sal, blanca, purificada, tiene su origen en salinas donde la naturaleza realiza el proceso de cristalización en forma natural y armónica". Cambiando algunos términos queda: "Esta comunidad, creativa, generosa, se ennobleció en el ejercicio de la solidaridad, como en las salinas la naturaleza realiza el proceso de cristalización en forma natural y armónica".

—Notable.

—Parece fácil, pero hay que seleccionar adecuadamente, se necesita tener el ojo avezado. Cierta recóndita familiaridad del texto permite que el público se identifique con el discurso. Acá tenemos otro ejemplo. Prospecto de un antirreumático: "Está especialmente indicado para el tratamiento de las crisis dolorosas, agudas, que requieren una inmediata regresión de los síntomas". Queda: "La aplicación de estas medidas está especialmente indicada para el tratamiento de una crisis dura y dolorosa como la que azota al país y que requiere una inmediata regresión de los síntomas".

—Absolutamente sorprendente.

—Otro más. Está sacado de *Fútbol, dinámica de lo impensado*, de Dante Panzeri. Original: "Los jugadores viejos, que se han retirado del fútbol en todo sentido que vaya más allá de ir a ver un partido de vez en cuando, están de acuerdo en que el fútbol nuevo es una falsedad y que además es muy malo". Elaborado, se integra al discurso de esta manera: "Los políticos de mentalidad obsoleta, que se han retirado de la lucha en todo sentido que vaya más allá de analizarla de vez en cuando desde sus sillones, se empeñan en calumniarnos con el argumento de que nuestra política es una falsedad y que además es muy mala".

—Estoy cada vez más estupefacto.

—Vea lo que sigue, tomado de *Mitología germánica*, de Branston: "La suprema ironía está en que los dioses saben sobradamente que el mal anida entre ellos y reconocen su incapacidad para hacerle frente". Acá cambiamos un solo término, en lugar de dioses ponemos detractores.

—Extraordinario.

—La visión de un auditorio bramando de entusiasmo es nuestra mejor recompensa. La que viene ahora es una cita textual, la tomamos sin introducir variantes, a veces nos permitimos esa licencia: "Dejo a cada uno que juzgue libremente y no pretendo castigar a los presuntuosos e ignorantes más que con su propia ceguera y errores, que la historia juzgará y que ellos conservarán como penitencia".

—No me diga nada, reconozco el tono: Perón.

—No. Sendivogius, alquimista: *Carta Filosófica*. Le leo el final del discurso: "Creo en la inmortalidad, no en la inmortalidad personal, pero sí en la de los pueblos. Seguiremos siendo inmortales, más allá de nuestra muerte corporal queda nuestra memoria, y más allá de nuestra memoria quedan nuestros actos, nuestros hechos, nuestras actitudes en las lides políticas, que seguirán contribuyendo para la grandeza de la patria".

—Un bello pensamiento.

—Jorge Luis Borges: *Disertación sobre la inmortalidad*. Por supuesto le cambiamos algunas palabras. Esperamos que haya muchos aplausos en el geriátrico.

—Bello, fantástico y sencillo. Es injusto que la de ustedes sea una tarea anónima.

PORTUGUÉS

◆

Un tipo se acoda en la barra, pide café y se pone a leer el diario. De reojo alcanzo a ver que el diario está escrito en portugués. Pasados unos minutos el tipo comenta:

—Todavía siguen sin resolver el tema del tranvía asesino.

—¿Tranvía asesino? —pregunto.

—Un tranvía que pasó con luz roja y se llevó por delante un coche, hay dos personas en estado grave.

—¿Dónde?

—En Lisboa.

—No sabía que todavía hubiera tranvías en Lisboa.

—Yo tampoco lo sabía hasta que decidí hacerme portugués.

—¿Es descendiente de portugueses?

—De italianos, cuarta generación de argentinos, mi apellido es Bevilacqua, nací en Almagro, mucho gusto.

—¿Estuvo en Portugal?

—Nunca.

—¿Y cómo fue que se hizo portugués?

—Estaba repodrido de toda la basura de acá, los afanos de los señores del poder, las truchadas, los discursos, los contra-discursos, me agarraba unos bajones que me dejaban de cama, me salió una úlcera, no podía comer nada. Una mañana me levanté y dije basta, no quiero tragar más sapos, no quiero envenenarme más con este país, me hago hincha de otro país y listo.

—¿Así nomás?

—Conseguí una bandera portuguesa, grande, dos metros y medio de largo, y la colgué sobre la cabecera de la cama.

—Disculpe: ¿por qué portuguesa?

—Siempre me gustaron los colores de Portugal. A lo mejor influyó que mi madre preparaba muy bien la lengua a la portuguesa. El segundo paso fue suscribirme a un diario portugués. Escucho fados, tengo todas las grabaciones de Amalia Rodrigues y una gran foto de ella en la pared. Leo a Pessoa, que para mí es uno de los mayores poetas del siglo XX: *Grande es la poesía, la bondad y las danzas.../ Pero lo mejor del mundo son los niños/ las flores, la música, el claro de luna y el sol, que peca/ sólo cuando, en vez de crear, seca.* El Coimbra es mi club, acaba de ganar dos partidos seguidos por goleada, está tercero en la tabla de posiciones y repechando fuerte. El veinticinco de abril es el día de la libertad, fiesta nacional. Celebro tomando *vinho verde* del que me convertí en fanático. Sé todo sobre lo que pasa en Portugal, puede preguntarme lo que quiera. En el último mes estuvimos muy preocupados por la desaparición de una menor, hija de un poderoso industrial de Oporto, Roberto Oliveira Soares dos Santos, que está casado con una actriz de teatro clásico, Teresa da Braganza. Primero se pensó en un secuestro porque es gente de mucha plata, después se encontraron anotaciones de tono más bien trágico en un cuaderno de la muchacha y comenzaron a circular rumores de un posible acto desesperado que podía haber desembocado en el suicidio, supuestamente provocado por la inminencia del divorcio de los padres. Pero finalmente se descubrió que la jovencita había huido con un novio y estaba muy bien de salud y de ánimo en una localidad de la costa, cerca de Setúbal, y el episodio tuvo un desenlace feliz.

—Menos mal.

—Ahora lo que nos preocupa desde hace un par de semanas es este tema de los tranvías que nunca respetan los reglamentos de tránsito y se han convertido en un peligro. El país entero está en vilo, se organizó una gran manifestación callejera en todas las ciudades para protestar.

—¿Y en cuestiones políticas cómo andan?

—Normal. Usted sabe que en todos lados se cuecen habas.

—¿Economía?

—No nos podemos quejar. Este año hubo sequía y se perdieron algunas cosechas, son desgracias que le pueden tocar a cualquiera, pero la exportación de corcho sigue siendo la primera del mundo.

—Así que se siente bien con la nueva nacionalidad.

—De primera, me siento bárbaro, la úlcera desapareció, puedo comer bulones condimentados con ají putaparió. Al principio los amigos estaban un poco extrañados, pero se acostumbraron. Cuando nos encontramos me preguntan cómo andan las cosas en Portugal y todo el mundo me dice el Portugués.

—Y de lo que pasa acá supongo que prácticamente ni se entera.

—No me entero de nada. Cuando digo nada es nada.

—Acabo de acordarme de que mi mamá también preparaba muy bien la lengua a la portuguesa, mi hermana y yo nos volvíamos locos por ese plato.

—No leo diarios nacionales, no leo revistas, no miro televisión, no escucho radio, salvo Radio Difusão Portuguesa, en onda corta, a la noche.

—No creo que lo mío sea úlcera, pero hace tiempo que tengo una piedra en la boca del estómago que me vuelve loco. ¿En qué lugar del dial está Radio Difusão Portuguesa?

—A la derecha, casi al final del dial. Es fácil de encontrar.

—¿Cómo se llama el diario que recibe?

—*Correio da Manhã*.

—¿Será muy complicado suscribirse?

—Acá está la dirección.

—Gracias, ya me la estoy anotando.

Saco la libreta, anoto y le devuelvo el diario.

—Qué pensaría si le digo que me gusta mucho el idioma portugués, que me gustan los fados, que cuando escucho a Amalia Rodrigues me emociono hasta las lágrimas, que coincido con usted en que Pessoa es uno de los mayores poetas del siglo XX y que me muero de ganas de probar el *vinho verde*.

—Pensaría que su próxima pregunta será acerca de dónde

se puede conseguir una bandera portuguesa de dos metros y medio de largo.

—Acertó absolutamente. ¿Dónde puedo conseguir una linda bandera de dos metros y medio o tres metros o cuatro metros, lo más rápido posible?

ACHIQUE

◆

La situación bien podría definirse con términos marinos. El tifón está desatado, la furia de los elementos no da tregua, el barco hace agua por todos lados, las bombas de achique trabajan día y noche. Achicar y achicar, ésa es la consigna. Tres parroquianos —podríamos decir tres esforzados marineros— narran sus experiencias.

—A mí me despidieron del trabajo de un día para el otro, tuve que achicarme y volví a vivir con mi vieja —cuenta el parroquiano Rodrigo—. Para colmo venía muy cascoteado porque mi ex mujer emigró con los chicos a España. Mi madre tiene setenta y cuatro años y me recibió con los brazos abiertos. "Ahí está tu camita", me dijo. Para la cena me preparó la sopa de cabellos de ángel que me gustaba cuando era niño. Después vino el postre de vainilla con dulce de leche y chocolate, también de cuando era niño. Antes de dormir me contó las historias de sus abuelos llegados de Europa, que vivían en el campo y debían defenderse de los indios. Las mismas que me contaba de niño. Por la mañana me llevó el desayuno a la cama, café con leche en el tazón grande floreado, pan con manteca espolvoreada con azúcar. Al principio me reconfortó el regreso al calor del hogar, del que me había alejado a los dieciocho años. Al día siguiente fue la misma sopa, el mismo postre, las mismas historias y al despertar el mismo desayuno. Y así por semanas y semanas. Mi mamá siempre esperándome a las ocho de la noche, hora de la cena, y diciéndome: "Tenés que tomar toda la sopa, Rodriguito, que te hace bien". Y además: "ponete el pulóver", "no te olvidés de lavarte los dientes", "limpiate las uñas", "no fumés en la cama", "dejá de leer que es tarde, te apago la luz", "anoche estuve despierta hasta que escuché la puerta, si viviera tu padre no volverías a esa hora, la próxima vez pongo el pasador y te quedás afuera". Ayer cuando salía para ver un trabajo me di cuenta de que mientras me besaba me revisaba las orejas a ver si las tenía limpias. Para concluir, señores, puedo decir lo siguiente: a mí esto del achique y volver a vivir con mi madre me produjo una curiosa obsesión, cada noche sueño con la película *El estrangulador de Boston*. Después ando todo el día con la idea de estrangular. Aunque los momentos más tremendos, los de mayor ganas de apretarle el cogote a alguien, son cuando tomo el desayuno en el tazón floreado y a la hora de volver a casa, donde me espera la sopa de cabellos de ángel. Pero por más que lo piense no consigo saber a quién quiero estrangular, es como si algo en mí se negara a darse cuenta de a quién ando con tantas ganas de retorcerle el pescuezo.

—Yo me casé tres veces y con cada esposa tuvimos una hija —cuenta el parroquiano Ariel—. La más chica tiene cuatro, la del medio ocho y la mayor catorce. Después de la tercera separación me prometí que nunca más volvería a armar un hogar, nunca más viviría en pareja bajo un mismo techo. Y me mantuve firme incluso cuando conocí a Raquel, que es divina y con la que estoy remetido. Vivo en un departamento antiguo en San Telmo y con el achique no pude seguir pasándoles plata a mis ex. Las tres perdieron el trabajo, les fue imposible afrontar los alquileres y se mudaron a mi casa con las chicas. Mi novia Raquel también acaba de perder el empleo, está a punto de dejar su departamento y me puso contra la pared: "Sos capaz de vivir con tus tres ex y no conmigo que soy el amor de tu vida". Tiene razón y no quiero perderla. Tengo que pensar rápido cómo resolver este asunto. Mientras tanto vivo con seis mujeres, cuatro de las cuales tienen novio, mis tres ex y mi hija mayor. Recibo los llamados de los tipos, anoto los mensajes, doy explicaciones y, cuando vienen a buscarlas, ellas me gritan desde el baño que atienda, que deben ser Juan, Pedro, Pablo o José. Y yo voy a la

90

puerta y repito: Dice Zulma que está terminando de maquillarse, dice Matilde que en cinco minutos está lista, dice Dora que se atrasó un poco, dice Karina que viene volando. Y cuando finalmente me quedo solo en casa cuidando a las chiquitas, me digo: Mi querido Ariel, con esto del achique, ¿no te estarás volviendo demasiado moderno?

—A mí también me tocó achicar y enfrentar las consecuencias —narra el parroquiano Leopoldo—. Hace ocho años que tengo una relación maravillosa con Eloísa. Ella es ensayista y yo, como ustedes saben, soy poeta. Siempre compartimos todo, menos el techo, porque consideramos que la convivencia puede resultar dañina. Pero el achique nos obligó a cambiar de filosofía. Dejamos nuestros departamentos de un ambiente y alquilamos uno un poco más grande para compartirlo y reducir gastos. Algunos muebles que sobraban los llevamos a un trueque donde conseguimos una estupenda y enorme biblioteca para los libros de ambos. Yo instalé la biblioteca y Eloísa la enceró. Desde entonces pasaron dos meses, ella sigue sacando lustre y yo continúo mejorando los cartelitos para el ordenamiento de los libros. Mientras tanto los libros permanecen en sus cajas. Todos los días estoy a punto de decirle: "Pongámoslos en los estantes, Eloísa". Pero inmediatamente se me presenta la ominosa imagen de mis amados libros mezclados en promiscuo montón con los de otro dueño, de manera que con el tiempo ya no se sabrá a quién pertenecen unos y a quién otros. Me abruma la idea de que en algún momento Eloísa me dispute la propiedad de un libro que yo estoy ciento por ciento seguro de que es mío. Y ella debe estar sintiendo lo mismo. Ésta es mi turbadora experiencia con el tema que nos acongoja.

—Mis queridos hombres de mar —interviene el Gallego—, tómenlo con calma porque el mal tiempo viene para largo, sigan dándole a las bombas de achique, no le escatimen ron al garguero y consuélense recordando que incluso para don Noé, el famoso capitán del Arca, se cumplió aquello de que siempre que llovió paró.

EMPERADOR

◆

M e entraron ganas de visitarlo de nuevo a Li Po, el chino centenario dueño de *La Rosa de Shantung*. Así que voy después de almorzar, pido mi té de jazmín y le digo:

—Don Li Po, ¿por qué no me cuenta otra historia de su tierra milenaria tan llena de misterios?

—Si promete no interrumpir.

—Prometido, don Li Po.

—Durante la dinastía Tsin hubo un emperador de nombre Hiong-Mang que tenía muchas rarezas y caprichos. Le gustaban los juegos y las competencias y no toleraba perder. Los cortesanos se las ingeniaban para dejarlo ganar siempre y de este modo no sólo conservaban sus favores sino que evitaban posibles represalias. Pero lo que más le apasionaba al emperador era contar historias y se había proclamado a sí mismo el mejor contador de historias de todas las dinastías.

—Por qué no pone un poco de música china, don Li Po.

—Primera interrupción.

—Es para crear ambiente, don Li Po, no volveré a interrumpir.

—Hiong-Mang contaba a veces historias trágicas y a veces cómicas. Era muy exigente y los funcionarios y cortesanos debían acompañar su relato riendo a mandíbula batiente o llorando a lágrima viva según el caso. Si no respondían adecuadamente se fastidiaba mucho y los sometía a castigos. El emperador siempre había tenido ciertas dificultades para hablar, se le trababan las palabras y llegaba a deformar algunas hasta volverlas incomprensibles. Con el tiempo se fue poniendo cada vez más difícil de lengua y de ahí en más ya nadie entendió nada de lo que decía.

—Es comprensible, hablaba chino.

—No haga chistes idiotas.

—Disculpe, don Li Po, no pude resistir la tentación.

—Para colmo los castigos fueron cada vez más severos y llegó un momento en que se empezó a decapitar gente. Los funcionarios y los cortesanos se aterrorizaron. Se desesperaban para tratar de adivinar qué clase de historia era la que contaba. Le vigilaban las cejas, los párpados, las comisuras de los labios, las venas, la nuez de Adán, los rubores en las mejillas, las vibraciones de las aletas de la nariz, los movimientos de los lóbulos de las orejas. Así sacaban sus deducciones. Algunos tenían un gran don de observación y fueron logrando zafar. Pero otros, que se quedaban dudando o directamente se equivocaban y lloraban cuando había que reír y reían cuando había que llorar, perdían rápidamente la cabeza bajo el hacha del verdugo.

—¿Y los cortos de vista?

—Casi no quedaban cortos de vista. Ésos fueron los primeros en caer. Y los pocos que todavía sobrevivían trataban de salvarse rogándole al funcionario que tenían al lado: decime si tengo que reír, decime si tengo que llorar, soplame, soplame por favor. De todos modos nunca se sabía si el emperador estaba contando un cuento gracioso con actitud seria o si estaba contando uno risueño con actitud grave. Tenía por costumbre contar una o dos historias por día, pero de pronto se volvió muy locuaz, empezaba a la mañana y no paraba hasta la noche. Los cortesanos y los funcionarios se iban amontonando en dos grupos, los que lloraban y los que reían, aunque nunca se quedaban quietos y se pasaban de bando todo el tiempo. Se volvieron expertos en reír con la mitad de la cara y mantener la otra mitad triste.

—Y cambiaban el perfil según cómo le pareciera que venía la historia.

—Una cosa buena que tienen los decapitados es que no hablan.

—Disculpe, don Li Po.

—Los funcionarios en su desesperación importaron de lejanas tierras a expertos en lenguas. Los expertos fueron decapitados. También hubo intentos de orientarle el humor al emperador y así influenciar en sus historias. Unos le traían payasos y noticias amables. Otros le traían lisiados de las guerras que le contaban cosas espantosas. Los payasos y los lisiados cayeron bajo el hacha. Lo peor fue cuando el emperador empezó a sufrir de insomnio. Tenía a los funcionarios parados noche y día frente al trono, obligados a mirarlo fijo. Las cabezas rodaban que era un contento, a veces de llorantes, a veces de rientes.

—Pero entonces, don Li Po, no sólo la situación no tenía salida, sino que al final no iba a quedar nadie a quien decapitar.

—Se nota que usted no es oriental. La infinita sabiduría de Confucio ya había previsto y definido con absoluta precisión por cuánto tiempo las personas deben soportar las rarezas del poder. En su *Tratado del gobierno patriarcal,* llamó a ese tiempo "la hora del dragón del fin de la paciencia". Y esa hora llegó.

—¿Y qué hizo esa pobre gente?

—*Lo agalalon al empeladol del cogote, lo tilalon a un pozo plofundo y llenalon el pozo de piedlas.*

—Es una historia conmovedora, don Li Po. ¿Cuál es la moraleja?

—Cuando el viento del desierto susurra entre las palmeras nunca podrán mirarse a los ojos el orangután y la mariposa.

—¿Eso es de reír o de llorar, don Li Po? ¿De qué es?

—De que es *hola* de *pedil otlo* té, *siemple otlo, siemple* de *pedil otlo* té.

LA GRANDOTA

◆

Después de darle vueltas al tema durante un par de horas los parroquianos del bar llegamos a la siguiente conclusión: todos, en términos generales, estamos bastante preparados para enfrentar los grandes problemas, pero lo que resulta difícil de manejar y nos envenena las horas son las pequeñas e imprevistas tragedias cotidianas, un clavo en el zapato, un cierre que se traba, la falta de un botón en la camisa, una lamparita que se quema justo cuando por fin uno ha decidido ponerse a trabajar. Esta noche nos visita don Eliseo el Asturiano.

—Para unos son los fastidios diminutos, para otros las preocupaciones mayores —dice don Eliseo—, aunque les podría contar de algunos problemas que a mi entender escapan a cualquier categoría.

—Lo escuchamos con extrema atención —decimos.

—Cuando salí de mi Caleao natal, buscando un buen sitio donde afincarme, recalé en un lugar estupendo, pero con una inquietante particularidad: todo el mundo y todo el tiempo vivía pendiente de la amenaza de un horrible cataclismo.

—¿Qué tipo de cataclismo?

—Nunca pude enterarme. Sólo me contaban eso: el temor de una tremenda catástrofe, una gran sacudida. Era una vieja tradición, pero nadie sabía en realidad de qué se trataba, si vendría de los cielos o de las profundidades. La llamaban la Grandota.

—¿Cómo soportaba la gente de aquel lugar convivir con ese temor?

97

—Existía la creencia de que desgracias menores y periódicas impedían o al menos retrasaban a la grande. Los gobiernos se encargaban de eso.

—¿Se encargaban de qué?

—De que siempre hubiera catástrofes más o menos importantes para mantener alejada a la Grandota.

—¿Qué tipo de catástrofes?

—Imaginen lo que quieran: inundaciones, terremotos, pestes, huracanes.

—¿Eran provocados por los que mandaban? ¿Podían hacer eso?

—Jamás se sabía a ciencia cierta si se trataba de desastres inducidos o naturales, pero lo que importaba era que ocurriesen. En las épocas intermedias, cuando no pasaba nada, la gente andaba muy nerviosa.

—Por miedo a la Grandota.

—Correcto. Los partidos políticos competían para prometer desastres mayores y más efectivos. La oposición siempre acusaba al gobierno de turno de ser muy tibio, poco atrevido, mal organizado y que sus calamidades no garantizaban la contención de la Grandota. Ellos prometían más y con mayor prolijidad. Los lemas eran más o menos siempre los mismos: Grandes Catástrofes y Buena Administración. Y así iban turnándose.

—¿En el programa de los partidos figuraba el organigrama de las catástrofes?

—Para nada. Eran totalmente secretas y sorpresivas. Además siempre quedaba la posibilidad de suponer que eran accidentales o naturales. Recuerdo, por ejemplo, una vacunación masiva con vacunas falladas. Terminaron todos apestados.

—¿Estaba programado?

—Vaya a saber, para el caso daba lo mismo, lo importante era sacar del medio a la Grandota.

—¿Y la gente apestada?

—Muy bien, satisfecha. En otra oportunidad, en pleno verano, cayó nieve y granizó, reventaron todas las cosechas. El comentario fue que se había aplicado una variante perfeccionada del método creado por los rusos para bombardear las nubes.

Una tragedia maravillosa, ése fue un año de gloria, se perdió todo, los chicos bailaban en las plazas con los pies envueltos en pulóveres viejos y cantaban: Otra vez la Grandota se quedó en pelotas.

—Bueno, por lo menos los chicos lo disfrutaban.

—Hubo una temporada de vientos terribles. Se comentaba que en alguna parte había enormes aspas ocultas, molinos gigantescos, nadie los pudo ver, pero la cuestión es que no quedaba nada en pie, ahí fue donde vi volar un chancho, la gente usaba anclas.

—Extraordinario, fantástico y alucinante es decir poco.

—Hubo una epidemia de sal, todo estaba salado, la fruta, el agua, el azúcar era salado, todos terminaron con hipertensión, vivían tomando grandes cantidades de diuréticos y orinando día y noche, aquella ciudad era un enchastre.

—Debía ser gente muy estoica para aguantar tanto.

—Todo lo soportaban para evitar la Grandota, no pierdan de vista ese punto. Hubo una invasión de ratas, los gatos no daban abasto, estaban gordos de tanto comer ratas, ya no querían más, pesaban promedio treinta kilos esos gatos, parecían pequeños hipopótamos.

—¿Y la gente cómo se las arreglaba?

—Agarraba los gatos por la cola y los usaba como palmetas contra las ratas.

—¿Lograban combatirlas con ese método?

—No voy a mentirles diciéndoles que sí, pero les aseguro que cuando le acertaban un gatazo por el lomo a una rata, ésa no jodía más.

—¿Y usted cómo se las rebuscaba para aguantar en un país así?

—Me adapté como pude, me convertí en experto en eso de vivir de sobresalto en sobresalto. No me iba tan mal, hasta que un día, de fuente muy confiable, me llegó el chimento de que el partido gobernante, para ganarse la voluntad de la gente y desbancar definitivamente a la oposición, en un alarde de efectividad y de imaginación, iba a producir una catástrofe casi tan grande como la Grandota, y así mandar a la Grandota bien lejos durante una buena temporada. Ahí fue donde lo pensé un poco y me dije: basta, esto no es para mí, mi sistema nervioso está empezando a resentirse, necesito un lugar tranquilo. Así que puse pies en polvorosa y sin perder un segundo me vine para acá.

JUBILACIÓN

◆

E stamos en el bar, comentando la dramática situación de los jubilados y el suplicio que les espera a los que se jubilen en el futuro, y el parroquiano Alcides cuenta la historia de su abuelo.

—Mi abuelo fue un pionero. Antes de que acá aparecieran las AFJP se afilió a una Administradora de Fondos de Pensión con sede en la isla Grand Cayman, en el Caribe. Le prometieron una extraordinaria jubilación y una vejez rutilante y llena de placeres. Lo mismo que hacen estas empresas de ahora.

—Cómo es posible que se haya dejado enganchar, abuelo querido —exclamamos a coro los parroquianos—. Cuando la limosna es grande hasta el Santo Patrono de todos los santos desconfía.

—Pasaron los años, llegó la hora de empezar a cobrar, el abuelo fue a la sucursal de la Administradora, en la City porteña, y se encontró con un pozo para los cimientos de un edificio nuevo.

—¿Y qué hizo el pobre abuelo?

—Nunca fue hombre de achicarse, pidió unos pesos prestados, armó una valijita y partió al rescate de su jubilación. En Grand Cayman lo esperaba otro pozo para cimientos. Logró averiguar que los dueños de la Administradora de Fondos de Pensión eran tres bancos, casa matriz en Nueva York: el Golden Bank, el Platinum Bank of America y el Argentum International Bank. Trabajó dos meses de lavacopas, compró un pasaje y voló a Manhattan. En el Golden le dijeron que le habían vendido las acciones a una fábrica de caramelos. El

101

Platinum se las había endosado a un fabricante de salchichas. El Argentum, a una cadena de sex-shops. El abuelo juntó unos pocos dólares limpiando baños y siguió viaje. Recibí una tarjeta suya desde Altoona, Pennsylvania: "Caramelero fundido. Fabricante salchichas preso en Sing-Sing por grave intoxicación masiva. Cadena sex-shops compró acciones de ambos. Voy en búsqueda del propietario rumbo oeste".

—¿Cómo se las arreglaba para viajar, el abuelo? ¿Seguía lavando copas y limpiando baños?

—Trabajaba un día acá y otro allá, les hacía dedo a los camioneros, viajaba de polizón en los trenes. Mandó una tarjeta desde Cincinnati: "Sex-shop desintegrado por escape de gas, se sospecha autosabotaje. Acciones de la Administradora en manos de fabricante de Biblias, en Joplin, Missouri. Sigo tras las huellas de mis ahorros rumbo sudoeste".

—Vamos, abuelo, no le afloje —decimos todos.

—Nueva tarjeta del abuelo: "Joplin, Missouri, editor de Biblias en el fondo del lago con zapatos de cemento, arreglo de cuentas entre falsificadores de dólares. Perdí rastro de acciones. Peligra mi jubilación".

—No puede ser, abuelo, tiene que haber algún rastro.

—El abuelo recuperó la pista tirándole de la lengua a un despachador de nafta de una gasolinera y la siguiente parada fue en Oklahoma City. Nos llegó una foto suya sacada frente a un burdel, mientras montaba guardia esperando a la dueña, viuda del fabricante de Biblias y actual propietaria de la Administradora de Fondos de Pensión.

—Qué emoción, ya casi lo logramos. Ojalá que el abuelo no se distraiga con las chicas del burdel.

—Nueva tarjeta: "Dueña de burdel lapidada por damas de caridad. Johnny *Fingers* Smith, viejo pianista, amante de la finada y actual propietario de la Administradora, huyó llevándose el piano y las acciones".

—Persígamelo a ese traidor, abuelo.

—Tarjeta desde Salt Lake City, Utah: "Pianista tocando en refugio de alta montaña, 4000 metros. Nieva a rolete. Caminos intransitables. Frío que pela".

—No se me entregue ahora, abuelo.

—El abuelo paleó nieve para los mormones, se compró un equipo de esquiador y se fue a las montañas. Tarjeta desde las Wasatch Mountains: "Lo agarré al *Fingers* del cogote. Confesó con la lengua afuera. Usó las acciones de jubilación para pagar deuda de poker a Michael, alias El Swami, tahúr domiciliado en Morro Bay, costa de California. Allá voy".

—Vamos abuelo todavía. Al bribón lo tenemos arrinconado contra el Océano Pacífico, no le queda escapatoria. Vamos, que los pesitos ya son nuestros —gritamos todos los parroquianos.

JARDINERA

◆

Esta mañana temprano, lejos de mi barrio, frente a la estación de Villa Urquiza, la veo a mi vecina Cecilia cruzar la calle con paso rápido. Lleva un bolso. Entra en la confitería donde estoy tomando un café y se mete en el baño. La que entró es la Cecilia que conozco, una mujer canosa, pelo corto, con el tapado azul que usa siempre. La que sale del baño unos minutos después luce un atuendo juvenil, larga cabellera con bucles, ropa deportiva, zapatillas. Cuando pasa cerca de mi mesa le hablo.

—¿Es usted, señora Cecilia?

Frena en seco, se coloca una mano en la frente y permanece paralizada en esa posición durante largos segundos.

—Disculpe la indiscreción, no pude menos que notar el cambio.

Por fin se atreve a mirarme.

—Sí, soy yo, la señora Cecilia —dice finalmente con una voz que tiene algo de trágico y de heroico—. Me cambié para ir al trabajo.

—¿Usted no era docente?

—Maestra jardinera —contesta mientras se arregla la peluca—. Y lo sigo siendo. Las maestras jardineras siempre tienen veintitrés años. Esto es lo que quieren los niños, los padres y las autoridades del Ministerio de Educación. Todas de veintitrés años. Hago lo posible para mantenerme dentro de la exigencia.

La invito con un café. Mira el reloj. Se sienta.

—En realidad, vecino, estoy viviendo tiempos de gran zo-

105

zobra y confusión. No me puedo jubilar porque no sumo los años de servicio requeridos. No me animo a pedir traslado porque con la falta de trabajo y el tema de los puntajes me da miedo de quedarme pedaleando en el vacío. Necesito el sueldo, así que no tengo más remedio que defenderme como sea y seguir disfrazándome de jovencita. Imagínese, yo, con nietos grandes.

—Se la ve perfecta —le digo para tranquilizarla.

—Mi finado esposo era el único de la familia que conocía mi secreto y me alentaba. "Arriba mi muchachita, vamos que usted puede", me decía. Pero ahora estoy sola frente al mundo. Y cada día es un problema nuevo. Mantenerse en los veintitrés es un presupuesto, lo poco que gano se me va en afeites. Antes me teñía. Pero una vez que me quise hacer los claritos algo falló, me arruiné el cabello y me tuve que comprar una peluca. Las zapatillas me matan, tengo pies planos y várices. Con los chicos de cuatro y cinco años es un calvario, son ingobernables, me paso el día corriendo. Los juegos en el patio, las rondas, saltar la cuerda, hay que tener realmente el estado físico de una de veintitrés para seguirles la corriente. La osamenta no me da más. Por suerte la semana pasada me pasaron a la sala de los nenes que gatean. Provisoriamente. Espero que me dejen ahí. Tampoco es fácil, tengo que andar agachada todo el tiempo. La espalda se queja, las rodillas se quejan, no hay nada que no se queje.

—Le puedo recomendar una buena kinesióloga, un alma caritativa, conoce de cerca estos problemas de disfrazarse las edades para poder sobrevivir, capaz que ni le cobra.

—¿Dónde está esa santa? Podría ser mi salvación. Piense que voy a tener que seguir llevando esta doble vida de mujer grande y de jovencita hasta que consiga jubilarme. Es una situación muy desconcertante. Vengo en el tren, con mi personalidad normal, y puede suceder que alguien me ceda el asiento. Todavía existen caballeros. Cuando estoy vestida de la otra, no sólo no hay gestos caballerosos, sino que es bastante común que me ligue algún piropo. En esas ocasiones, cada vez con más frecuencia, tengo que hacer un esfuerzo para saber quién soy. Últimamente estoy obsesionada por una idea fija: ¿y si me rayo y me quedo atrapada para siempre en el papel de la otra y me convierto en un mamarracho? Y ésa no es la única preocupación que me quita el sueño: ¿qué pasa si un día me cruzo con mis nietos y estoy como ahora, vestida de la otra, y me reconocen?, ¿qué hago?, ¿disimulo, miro para otro lado, me escapo, niego la sangre de mi sangre?

—Que su ángel protector jamás lo permita.

—Vecino, estoy llegando tarde, tengo que ir a cambiar a los bebés. Confío en su discreción.

—Mis ojos no vieron, mis oídos no oyeron. Vaya tranquila, señora o señorita Cecilia.

PIEDRAS

◆

res de la madrugada. Desde el equipo de música la voz de
Paco Ibáñez canta ... *como tú, piedra pequeña como tú*. El parroquiano Donato comenta que anda con piedras en la vesícula
y que tal vez tenga que recurrir al cirujano. El Gallego sirve un
whisky y, amable, me lo alcanza.

—Con una sola piedra de hielo como siempre —me dice.

El parroquiano Julio Baudouin recita un poema de Dru-
mmond de Andrade: *En medio del camino había una piedra/ había
una piedra en medio del camino/ había una piedra/ en medio del camino había una piedra.*

—Bien, ya que la mano viene de piedras me gustaría hacer mi aporte a la velada —dice Tusitala, el mulato tamborile-
ro—. En mis andanzas me tocó pasar una temporada en la
capital de un país donde la población vivía todo el tiempo
pendiente de las piedras. Primero debo aclarar que se trataba
de gente sumamente respetuosa de los mandatos bíblicos.
Originariamente eran de inclinación lapidadora. Con el tiempo la costumbre de lapidar se fue sofrenando por aquello de:
"El que esté libre de culpa que tire la primera piedra". Aunque luego el precepto fue sustituido por: "El que tenga el
trasero limpio que tire la primera piedra".

—¿A qué se debía el cambio, apreciado Tusitala?

—A que en esa ciudad todos tenían el trasero sucio.

—Usted sí que visitó lugares curiosos, Tusitala.

—No lo dude. La primera sorpresa, cuando llegué a la ciudad, fue advertir que mientras me estrechaban la mano todos miraban disimuladamente los fundillos de mis pantalones. Lo que más preocupaba a aquella gente era la posibilidad de que apareciese alguien con el posterior limpio y empezara a los cascotazos. Así que la gran ocupación era controlar las asentaderas ajenas.

—Cada pueblo con sus costumbres.

—La obsesión por los piedrazos y el nalgatorio reluciente había impuesto la moda de llevar, fijados a la cintura y estratégicamente dirigidos, espejos retrovisores, provistos de reflectores en miniatura, para poder controlarse las propias posaderas a toda hora y en todo lugar. Cada uno albergaba la esperanza de que en algún momento algo pasara y su traste apareciese repentinamente inmaculado.

—¿Y eso cómo podría ocurrir?

—Únicamente por un milagro. Pero no se olvide que era gente muy creyente.

—La fe mueve montañas. ¿Cómo eran esos espejos?

—Había de todo tipo. Los ricos los usaban de lujo, importados. Los menos pudientes, espejos de bicicleta. Y los humildes, pedazos de vidrio comunes. En las puertas de las casas, en los jardincitos del frente, bien a la vista, acumulaban piedras numeradas, lustradas, cada una con el nombre de los posibles destinatarios. Piedras gordas, pilas como pirámides. Los niños jugaban con piedras desde la cuna. Era un espectáculo pintoresco ver a las mujeres en los casamientos, especialmente las nueras y las suegras, todas con sus canastitas encintadas y las piedras entre los confites y las flores. Los diputados y senadores solían ir acompañados por un secretario-changador. El secretario cargaba un baúl lleno de piedras que depositaba bajo la banca, junto a las piernas del legislador, para que éste pudiera, si llegaba el momento, arrojárselas a sus adversarios. De cualquier manera nunca pasaba nada, nadie podía entrar en acción porque todos tenían el posterior enfangado y esto establecía una tregua permanente. Por supuesto lo que sobraba eran los vivos que aprovechando la situación se lo pasaban cometiendo delitos de todo tipo, protegidos por la mala conciencia general. La cues-

110

tión es que, en ese lugar donde todo el mundo vivía pendiente de las piedras, nunca pude ver volar ni una miserable piedrita. Y acá, señores, termina mi humilde relato.

—Esa historia de las piedras y los traseros sucios —dice el Gallego— me recuerda algo que pasó cuando yo era chico. Un tal Ramón se había robado la campana de la iglesia y cuando lo agarraron dijo exactamente: "Amigos, no se pongan tan severos, ¿hay alguno de ustedes que no se haya quedado por lo menos una vez con algo de lo ajeno?, ¿hay alguno que no tenga el trasero sucio?".

—Y también la gente de su aldea se acordó de aquello de la Biblia: "El que esté libre de culpa que tire la primera piedra". Y por consiguiente lo dejaron ir al Ramón.

—No, señor. Lo reventaron a garrotazos. Noventa y nueve garrotazos, para ser precisos. Setenta y cinco por robarse la campana y sesenta y cinco por hacerse el gracioso.

—Eso da ciento cuarenta, Gallego.

—¿No me diga? Déjeme ver.

El Gallego toma papel y lápiz y suma:

—Tiene razón —dice muy preocupado—. ¿Cómo pueden haberse equivocado tanto mis paisanos?

—No se haga mala sangre —le decimos—, son cosas de gente simple y campesina, que no anda perdiendo el tiempo con sutilezas bíblicas ni con la minucia de los números.

PRONTUARIO

◆

Esta mañana me despierto y me digo: Basta de protestas inútiles, hay un tremendo vacío en la conducción política, un agujero negro, es necesario que los ciudadanos nos decidamos a poner el pecho y hacernos cargo, quiero convertirme en dirigente, quiero postularme y asumir la responsabilidad de participar en el destino del país. Por lo tanto tomaré los cursos en el Instituto Sarrasani de Formación Política del licenciado Almayer.

Pido una entrevista, me pongo mi mejor ropa, me cepillo los zapatos y parto en busca de mi futuro. Almayer me invita con café y repasamos el programa.

—¿Recuerda las seis disciplinas? Primera, trapecista y equilibrista. Segunda, écuyère. Tercera, domador. Cuarta, tragasables, tragafuego y contorsionista. Quinta, clown. Sexta, transformista.

—Las recuerdo perfectamente.

—Muy bien, ahora a llenar su ficha de ingreso. ¿Trajo el prontuario?

—¿Prontuario? ¿Hace falta prontuario? ¿Qué clase de prontuario? Que yo sepa no tengo ningún prontuario.

—Lamento informarle que empezamos mal. Desde ya le digo que si no tiene un buen prontuario en este barco es hombre al agua. Hay condiciones que no se pueden eludir. Cuanto más alto el cargo, mayor es la exigencia.

—Yo por ahora sólo aspiro a un cargo humilde, prefiero empezar desde abajo.

113

—Eso podría ayudar, pero no mucho. Le haré algunas preguntas. Contésteme con absoluta sinceridad.

—Puede preguntar.

—En su historia, ¿tiene alguna defraudación, estafa, asociación ilícita?

—Ninguna de las tres.

—¿Concurso real de delitos, prevaricato, cohecho, abigeato?

—Nada de eso.

—¿Falso testimonio, enriquecimiento ilícito?

—Nunca.

—¿Traición a la patria?

—Tampoco.

—¿Alguna violación?

—No.

—Vamos de mal en peor. En confianza: ¿usted con qué cuenta realmente? ¿Cuánto hace que no roba? Dígame la verdad.

—Cuando era chico me robaba las manzanas en la quinta de un vecino y también me quedaba con los vueltos de las compras. ¿Sirve?

—Me temo que no. ¿Y después?

—De joven me escamoteaba algunos libros de las mesas de librerías de usados.

—Piense, piense bien, tiene que haber algo más por ahí.

—Estoy pensando. También por aquella época me fui sin pagar de una cervecería. ¿Eso sirve?

—Mire, me gustaría ayudarlo, pero el problema es que usted no cuenta ni con un miserable incesto. Le podría mostrar las carpetas, hay cientos de anotados con unos prontuarios frondosísimos. Por acá he visto pasar a cada personaje de primera línea que usted ni se imagina. ¿Con qué herramientas se propone competir? ¿No podría por lo menos conseguirse un enemigo que lo odie mucho y testifique contra usted?

—Perdóneme, lo siento de verdad, pero no sé si tengo enemigos que me odien tanto.

—Voy a serle absolutamente sincero: lo veo muy verde para la cosa pública. A lo sumo podría aspirar a un puesto de ordenanza, pero tampoco se lo puedo garantizar. Además, la cara no lo ayuda. A ver, ponga un lindo rostro de matasiete.

—¿Así?

—Ahora parece Enrique Muiño en *Su mejor alumno*. Mírese en el espejo y colóquese una mano sobre el corazón: ¿le confiaría un cargo público a alguien con esa cara?

—Es que si me están mirando no me sale.

—Mi amigo, tiene que poner más voluntad de su parte. Tal como está ahora, usted no tiene futuro.

—¿Cuál es su consejo, señor Almayer?

—Ensaye mucho con la cara, hágase de un prontuario bien abultado y véame dentro de algunos años.

CIEN

◆

Desde una mesa, dirigiéndose a los que estamos en la barra, el parroquiano Iraola aporta un tema interesante para animar la charla de trasnoche:

—Ahora que lentamente van corriendo las primeras semanas, me puse a reflexionar que, al producirse un cambio de gobierno en una ciudad, tal como acaba de ocurrir en la nuestra, los más importantes son los primeros cien días. Ese plazo, a mi entender, es el gran desafío para el flamante funcionario. Y la idea me vino porque me acordé de algunos cien días célebres en la historia del mundo. Puedo mencionar como ejemplo los cien días del presidente Franklin Roosevelt, cuando consiguió dar vuelta la tortilla de la economía norteamericana. O, para citar un caso de resultados opuestos, los cien días de Napoleón, al final de los cuales terminó más preso que antes.

Pide la palabra Maldini, el parroquiano más gordo del bar, que últimamente sólo toma agua mineral con limón:

—Totalmente de acuerdo, los primeros cien días son los que revelan el carácter, la capacidad y por encima de todas las cosas la fuerza de voluntad de un hombre. Puedo decirlo porque estoy viviendo mis propios cien días tratando de bajar treinta kilos en ese tiempo. No niego que a veces tengo deslices. Ayer, por ejemplo, para evitar toda tentación de ir a la cocina y abrir la heladera, le pedí a mi esposa que me encerrara bajo llave en el dormitorio durante el día entero. Terminé arrancando el empapelado de las paredes y me puse a lamer la cola seca de la parte

117

de atrás, que aunque no lo quieran creer tiene un gusto muy parecido a los bocaditos de dulce de leche. En mi casa no se compran más revistas, todas traen recetas de cocina y termino devorándome las páginas ilustradas. No se lo digo para que prueben, pero nunca imaginé que una fotografía pudiera ser tan sabrosa. Esta mañana me comí los malvones del balcón. Pero son caídas menores y tampoco se trata de comidas propiamente dichas, así que no tengo duda de que llegaré triunfante a los cien días.

Sigue el parroquiano Tolosa:

—Apoyo lo que acaban de decir los caballeros. Y al carácter, a la capacidad, a la voluntad, les agregaría sentido de la estrategia. Yo me propuse derrotar con una prueba de cien días esa maledicencia popular según la cual es imposible convivir con la suegra. Estoy en eso. Trato de ser muy amable con ella, vencer su natural desconfianza y pasar por alto sus provocaciones que sólo son fruto del prejuicio generalizado. Le llevo flores: ¿cómo está mi señora suegra?, ¿cómo está la mejor suegra del mundo? Ella le pone kilos de sal y toneladas de picante a mi plato de comida. Mi hipertensión está llegando al cielo raso y mi estómago es una llamarada permanente. Voy a la farmacia para que me tomen la presión dos veces por día. En las últimas tres semanas fui al médico cuatro veces. Pero no pienso aflojarle. Cocine lo que cocine, le elogio la comida a mi suegra. Cuando me ceba mate debe usar dos pavas porque uno viene frío y el otro hirviendo. Seguro que lo hace para que me queme. Y es probable que cada tanto coloque la boquilla de la bombilla sobre la llama del gas. Tengo los labios llagados. Pero le elogio los mates. Siempre odié la acelga, lo comenté en la cena y durante quince días en mi casa sólo se comió acelga, preparada de todas las formas que se puedan imaginar. Y acá viene algo realmente inesperado: ahora amo la acelga. Interpreto esta sorpresa de la acelga como una señal muy favorable. Así que allá voy, más firme que nunca en mi estrategia hacia los cien días.

Sigue el parroquiano Capistri, al que últimamente se lo ve con las fosas nasales muy desarrolladas:

—Y a la voluntad, al sentido de la estrategia, yo le agregaría estoicismo. Me propuse dejar de fumar durante cien días y estoy pasando pruebas muy duras. No puedo evitar frecuentar lugares donde la gente fuma mucho y entonces abro grandes las fosas nasales y trato de olfatearme todo el humo posible. Ahora tengo la fisonomía un poco cambiada, pero mi nariz era chiquita, un botoncito, se me fue desarrollando cuando empecé mi cruzada. A esta altura de las cosas puedo oler qué marca está fumando un tipo a una cuadra de distancia. Recojo marquillas de cigarrillos por la calle, las colecciono, las pego en la pared de mi dormitorio y cada vez que vuelvo a casa y las veo se mè caen algunas lágrimas. Me arriesgo a todas las tentaciones, pero no me dejo vencer y llegaré triunfador a los cien días.

A continuación habla el Gallego:

—Ya que estamos con el tema, yo también quisiera contar algo. Cuando era chico, en el pueblo, mis paisanos eligieron algo así como un alcalde para que pusiera en orden todo aquello que, dicho sea de paso, era un desastre. Ganó don Francisco, uno que hablaba mucho y bien y los convenció de que era el mejor candidato. Justamente le confiaron el cargo por cien días. Y ahora paso a contarles la actividad de don Francisco. Todas las mañanas el hombre iba hasta el puente y se ponía a pescar al solcito, acompañado por un ayudante que le alcanzaba la carnada. La gente pasaba con los carros y lo saludaba: "Buen día don Francisco". Y él contestaba sonriendo y sacándose el sombrero porque era un tipo muy amable. Al mediodía almorzaba en el boliche, pedía la cuenta, la firmaba y escribía abajo: "Pagará el Ayuntamiento". Después se jugaba una partida de cartas, dormía una siesta larguísima y por la noche se iba de farra con los musiqueros. Y eso era todo lo que hacía. Pasaron las ocho semanas del plazo establecido, la gente lo fue a buscar y le dijo: "Señor alcalde, se acabó el tiempo". Lo sacaron alzado del Ayuntamiento, lo llevaron hasta el puente, lo ayudaron a cruzarlo, lo acompañaron unos cuantos kilómetros, le sacaron las anteojeras a un caballo, se las pusieron a don Francisco para que solamente pudiera mirar hacia delante y caminara siempre en línea recta, le dieron una palmada en la espalda y lo despacharon en dirección contraria al pueblo. Ésa es mi historia de los cien días.

Acá intervengo yo:

—Gallego, acabo de hacer la cuenta, ocho semanas no son cien días.

El Gallego duda:

—No me diga que mis paisanos se equivocaron de nuevo.

—Ocho por siete da cincuenta y seis —confirman los demás parroquianos.

El Gallego saca lápiz y papel:

—A la flauta, tienen razón, otra vez calcularon mal. Qué se le va a hacer, es como ustedes bien me señalaron el otro día, se trata de gente simple, campesina, hecha para el trabajo que es duro y permanente, y no para andar perdiendo tiempo con la minucia de los números.

DINGO

◆

Esta noche el bar recibe la visita de Bartolomeo Lavayrú, viejo amigo, antropólogo, de paso por Buenos Aires. Vive desde hace años en Koraga, pequeña isla de la Polinesia. Nos encuentra embarcados en una de las charlas habituales: la corrupción, la impunidad de los delincuentes económicos, los profesionales negligentes amparados en la excusa de los errores involuntarios, la lentitud de los procesos, lo vetusto de los códigos, la absoluta desprotección de la gente común, la levedad de las penas y las prisiones de lujo para los influyentes y los adinerados.

Bartolomeo Lavayrú escucha en silencio y después pide la palabra:

—Gracias a mi profesión y a mi larga estadía en Koraga conocí otro sistema de justicia. Seguramente les va a interesar. Es una historia que viene de muy lejos. Historia antigua. En aquellos tiempos una pequeña casta administraba Koraga y mediante promesas y engaños mantenía a la población sumida en la miseria y la ignorancia. De esta manera esos pocos se quedaban con lo de todos y era muy común que a través de lengua- races contratados distrajeran a la gente contándoles fábulas so- bre enemigos misteriosos que sólo deseaban la desgracia de los koraguenses y que de ahí provenían sus problemas. Cuando resultaba demasiado evidente quiénes eran los autores de las estafas, los robos, los fraudes, las usurpaciones, las falsificacio- nes, los desfalcos, se montaban parodias de juicios. Pero los jue- ces eran manejados, los juicios se alargaban, se estiraban, un

121

atropello era borrado y relegado al olvido por un nuevo atropello mayor que el anterior y así seguían. Muy malos tiempos para los koraguenses. Hasta que intervino Dingo, el dios tutelar del sueño. Una noche se les apareció en sueños a la gente y les habló así: "Desde hoy, para todos los delitos se implantará una nueva forma de justicia". Dio una serie de instrucciones y a partir de ese momento las cosas cambiaron. Todavía hoy los koraguenses siguen aplicando el mismo sistema.

—¿Cómo es? —preguntamos todos.

—A eso voy. Hace un tiempo un hombre fue acusado de delinquir contra el pueblo. Era el encargado de la administración de los bienes comunitarios y al parecer había escamoteado para su propio provecho parte de las cosechas. Una noche determinada la gente se retiró a dormir y, bajo la tutela del dios Dingo, todos soñamos lo mismo: el juicio.

—¿Usted también?

—Efectivamente, después de tanto tiempo de vivir con ellos estoy integrado. Y también soñó el acusado. Por supuesto que el delincuente intentó mantenerse despierto, porque sabía lo que se le venía, pero a la larga el sueño lo venció. El juicio soñado por los koraguenses no fue muy distinto de cualquier otro. Había jueces, fiscales, defensores y un gran jurado integrado por el pueblo entero. La acusación fue implacable y precisa. La defensa, inteligente y apasionada. El jurado deliberó y el ladrón fue encontrado culpable. Los jueces dictaron la sentencia. Inmediatamente, en su cabaña, el sentenciado se despertó, apoyó un brazo sobre un tronco y se cortó una mano de un certero machetazo. El aullido que sacudió la noche de Koraga confirmó que la sentencia se había cumplido.

—¿El condenado no trató de huir para evitar el castigo?

—Imposible. Cuando la voluntad colectiva funciona de verdad, no hay fuerza que se le resista.

—¿Hay muchos mancos en la isla?

—Poquísimos. Hace siglos que los koraguenses se han vuelto gente muy cuidadosa.

El amigo Bartolomeo mira la hora y se despide. Mientras le estrechamos la mano y lo acompañamos hasta la puerta preguntamos:

—¿Nos podría repetir el nombre de ese dios tutelar del sueño?

Después, durante un largo rato, en el bar reina el silencio. Nadie habla. Sólo hay intercambios de miradas entre los presentes. Finalmente uno bosteza. Otro también. Los veinte parroquianos presentes empezamos a bostezar.

—Me dio un poco de sueño —dice uno.

—Yo estoy reventadísimo —dice otro—, me caigo de sueño.

—A mí me agarró una modorra terrible y además unas ganas bárbaras de soñarme algo interesante.

—Yo también me estoy durmiendo y quisiera tener un lindo sueñito de esos que te dejan el corazón tranquilo.

—Ya veo que estamos todos en la misma —dice el Gallego después de un largo bostezo—, así que voy a poner un cartel en la puerta: No molestar, gente soñando.

Todos nos sentamos, cruzamos los brazos sobre las mesas, apoyamos la cabeza, cerramos los ojos y nos dedicamos a hacer noni noni.

INGRATITUD

◆

Recibimos la visita de don Eliseo el Asturiano y, para retribuirle tantas historias interesantes que nos ha venido contando sobre sus viajes, lo ponemos al tanto del sistema de justicia aplicado por los koraguenses a través del sueño colectivo y la mutilación que el delincuente se inflige a sí mismo, tal como nos ilustrara Bartolomeo Lavayrú hace apenas un par de noches. Don Eliseo escucha con atención, luego carraspea y se rasca la cabeza, claras señales de que en unos minutos otra de sus historias vendrá a sacarle lustre a la madrugada.

—Lo que acabo de escuchar me recuerda uno de los tantos países donde pasé una temporada después de salir de Caleao, cuando buscaba un buen lugar donde afincarme. Me estoy refiriendo a la República de Embembé y me apresuro a adelantarles que los embembenses, buena gente, trabajadora y hospitalaria, desconfiaban absolutamente de sus legisladores. No les creían ni media palabra, lo cual no es para extrañarse ya que se trata de un hábito muy difundido en el mundo entero. La historia que voy a contarles tiene un punto en común con la de los koraguenses soñadores, ya que ambas tratan de mutilaciones. Ustedes sacarán sus propias conclusiones sobre las similitudes o las diferencias. Y ahora por favor cierren la puerta y bajen la luz porque esto no es para todos los oídos.

El parroquiano Garriga corre a echarle llave a la puerta y el Gallego baja las luces.

—Durante mucho tiempo los legisladores de Embembé ha-

125

bían intentado un acercamiento con el pueblo a través del poder persuasivo de la palabra. En largos discursos aludían a la ciclópea responsabilidad que cargaban sobre los hombros, el compromiso ante la historia, los sacrificios permanentes, el trabajo agotador, las noches sin dormir, la familia que a menudo estaba lejos y los extrañaba. Y pese a todo eso —se lamentaban—, lo único que cosechaban por parte de la gente era falta de afecto y agravios. Por más que se deslomaran, el pueblo jamás les reconocía un mérito. Nunca un aplauso, nunca una palabra de aliento, sólo críticas y difamación. ¿Por qué esa costumbre de calumniarlos siempre? ¿Por qué nadie creía en su sinceridad y buenas intenciones? ¿Por qué todo el tiempo hablaban pestes de ellos? ¿Qué más debían hacer para ganarse la confianza de los ciudadanos?

—¿Y la gente?

—Como si oyera llover. Hasta que un día uno de los legisladores habló así: "Todo lo que yo prometo será cumplido, y para garantizar mi palabra ya mismo me corto la mano derecha". Y lo hizo. El ejemplo corrió como reguero de pólvora y a las pocas semanas no quedaba ni una sola mano derecha disponible entre los legisladores de la República de Embembé. Pero ni siquiera esto conmocionó a aquella gente. Los legisladores subieron la apuesta y se fueron desprendiendo de más partes. No quiero entrar en detalles, pero así partieron los pies, las piernas, las manos izquierdas, los antebrazos, los brazos, hasta que todos quedaron reducidos al puro tronco y eran trasladados de acá para allá por sus secretarios sobre carritos con ruedas. Permítanme un breve paréntesis para evocar especialmente a la legisladora Bebita Makeba, a la que yo tenía bien mirada, propietaria de un par de piernas estupendas que también se perdieron en aquel sacrificio general.

—¿Y la gente seguía sin creer?

—La gente seguía descreyendo y calumniando. Quizás aquellos legisladores fueran realmente honrados o quizás eran simplemente unos caprichosos que se habían propuesto ganarles la pulseada de la desconfianza a los obstinados ciudadanos de Embembé. Eso nunca lo sabremos. La cuestión es que a esta

126

altura ya no quedaba prácticamente nada por cortar y uno de los legisladores llegó a considerar si, al proseguir en el intento de conquistarse la confianza popular, lo importante a conservar era la cabeza o el tronco. El tronco sostiene la cabeza, pero la cabeza es la que da las órdenes y la que habla. Así las cosas, se propuso una pausa para la reflexión y por fin, luego de largos debates, los legisladores resolvieron que habían quedado sobradamente demostradas la absoluta honestidad y la entereza moral de cada uno de ellos, además del patriotismo y el coraje cívico. Se votó una ley para impedir que se avanzara más: las cabezas, no.

Cuando don Eliseo el Asturiano calla, los parroquianos nos miramos aterrados. Todos estamos pensando lo mismo.

—Por favor —decimos en voz baja—, que esto que acabamos de escuchar no salga de acá.

—Sí —dice el Gallego—, llenemos los vasos y juramentémonos; que la historia de Embembé quede entre nosotros, no vaya a ser que por culpa de la incomprensión popular nuestros representantes en un acto de arrojo se pasen de la raya con la abnegación y copien ese horrible ejemplo y tengamos que asistir al triste espectáculo de los carritos con troncos humanos circulando por los sagrados salones donde se dictan las leyes.

CÁRCELES

◆

El Gallego está levantando presión y yo sé muy bien por qué. Resulta que hace ya un rato largo apareció el parroquiano Willy Merino y, todavía entrando, desde la puerta nos gritó:

—Noticia de último momento, reventó una cárcel.

—¿De qué está hablando? —preguntamos.

—Estallaron las paredes, los presos salieron despedidos.

—¿Una bomba?

—Nada de bombas.

—¿Un intento de fuga?

—Nada de intentos de fuga.

—¿Un motín?

—Nada de motines.

—¿Entonces?

—El hecho no se produjo a causa de actitudes violentas por parte de los reclusos. Sucedió por exceso poblacional. Las cárceles están llenas hasta el tope, no entra ni un alfiler más. Ésta reventó.

Poco después apareció el parroquiano Campodónico y confirmó lo ocurrido.

—Los cronistas compararon el hecho con la situación de un gordo luego de una ingesta copiosa y a quien se le saltan todos los botones y se le desgarra la ropa.

Llegó también el parroquiano Smojer, con más noticias.

—El Ministerio del Interior ordenó apuntalar y sunchar las paredes de todas las penitenciarías por temor a que se repitan los reventones.

—Qué barbaridad —comentó indignado el parroquiano Saccomanno—, nuestra sabia Carta Magna en su artículo 18 establece muy claramente que las cárceles de la Nación deberán ser sanas y limpias, para seguridad y no para castigo de los reos detenidos en ellas.

—Eso en la teoría, pero en la práctica todos sabemos que la cantidad de chorros y delincuentes es tal que no hay presupuesto ni espacio físico que alcance. Tengo un vecino punga al que lo agarran todas las semanas y lo mandan de vuelta a casa porque no tienen dónde guardarlo.

—Ahora entiendo por qué hay tantos y tantos funcionarios que nunca van en cana. No es porque no haya justicia en este país. Lo que no hay son cuchetas vacantes en las sórdidas gayolas.

—Sin pretender convertirme en un cipayo quisiera recordarles a ustedes la decisión que tomaron los ingleses (perdonando la palabra) cuando mandaron a todos los chorros, rebeldes, vagos y mal entretenidos a Australia, y resolvieron su problema.

—¿Qué tiene que ver Australia?

—¿Acaso a la Patagonia no se la llamó la Australia argentina? ¿Entienden hacia dónde voy? Creo que deberíamos tomar en cuenta ese ejemplo.

—Para qué necesitamos ideas foráneas. Usemos la imaginación y la inventiva, que para eso los argentinos somos especialistas. Pongámonos a la altura de los tiempos, pensemos en el espacio exterior, el cosmos, y mandemos a todos los malandras para allá.

Hace más o menos una hora que las propuestas se suceden sin cesar.

A esta altura intuyo que el Gallego ha llegado a su punto límite de aguante. Estuvo yendo y viniendo sin parar, mirando la larga hilera de vasos vacíos. Lo conozco bien, si hay algo que lo pone nervioso es que los vasos de los clientes permanezcan vacíos demasiado tiempo. Y esta noche, embalados con el tema de las cárceles y los detenidos, los parroquianos le han dado la espalda a la barra y se han olvidado de seguir bebiendo.

En efecto, como supuse, estamos en el punto límite. El Gallego pega un par de poderosos manotazos sobre el mostrador y la discusión se interrumpe.

—Bueno, señores, terminemos con esta historia, no deliren más y presten oídos a la voz de un tonto que ha visto mucho mundo. Para empezar aclaro que la propuesta que van a escuchar no es ciento por ciento de mi autoría, sino que está basada en las ideas del gran Henry David Thoreau, a quien, si me permiten, voy a parafrasear diciendo que, en circunstancias especialmente dudosas como las de los tiempos que corren, el lugar menos desalentador y más apropiado para la persona honesta es la prisión. Ése es el único hábitat donde puede vivir con honor. ¿Qué significa esto? Se lo explico en menos que canta un gallo: cuando en un país la mayoría son delincuentes, lo que corresponde es invertir el orden de las cosas. Puesto que no se los puede encerrar, por falta de espacio, por falta de plata para mantenerlos, y porque además a esta altura no se sabe quién es quién y en qué se especializa cada uno, ya que andan todos mezclados sin ninguna clase de orgullo, profesionales, amateurs, jueces, funcionarios, repentistas, cleptómanos, etcétera, etcétera, se debe soltar a los delincuentes que están presos para que se junten con sus pares y dispongan de todo el espacio del mundo. A los honestos, en cambio, hay que mandarlos presos, ya que son pocos, apenas una selecta minoría, y las cárceles se convertirían en el único lugar donde esta buena gente podría sentirse protegida. Y de esta manera se cumpliría también el mandato constitucional que a usted, señor Saccomanno, tanto le preocupa, ya que las cárceles se convertirían sin duda en lugares limpios, luminosos, bien aireados, confortables y productivos. Puras ventajas. Miren qué fácil es la cosa. Un negocio redondo para todo el mundo.

El Gallego soltó su parrafada de un tirón, levantando bastante el tono de voz. Se interrumpe para tomar un par de largas bocanadas de aire y después, apoyando ambas manos en el mostrador y echando el torso hacia adelante, agrega:

—Y hablando de negocios, que es un lindo tema, vayan pidiéndose otra vuelta que esta casa no es una institución de beneficencia.

SONRISAS

◆

Viajo a cierto pueblo del interior y apenas bajo del tren me ataja un tipo con aspecto de estar muy en las últimas. Me dice:

—No interprete mal, no voy a pedirle plata, sólo un poco de solidaridad cristiana, necesito charlar con alguien, acá nadie me dirige la palabra.

Me da lástima, le convido un cigarrillo y lo invito a tomar un café en un bar que está cruzando la calle.

—El café pídamelo usted, porque si lo pido yo seguro que me lo traen con un cubito de hielo. Si pido un balón de cerveza me lo pasan por el vapor de la máquina de café.

—Vamos a otro lugar.

—No vale la pena, en todos lados es lo mismo.

—¿Qué hizo para que lo traten tan mal?

—Nada importante, cosas pequeñas, hice algunos favores y me hice algunos favores.

—¿Qué tipo de favores?

—Tenía un amigo dueño de un aserradero, tenía otro amigo dueño de un vivero. Hice talar todos los árboles del pueblo que fueron a parar al aserradero y mandé plantar árboles nuevos comprados en el vivero.

—¿Cómo es posible que la intendencia le permitiera hacer eso?

—Yo era el intendente.

—¿Fue un buen negocio?

133

—No fue gran cosa, no piense mal.

—¿Qué otros favores hizo y se hizo?

—Mandé cambiar todas las chapas de los nombres de las calles y de la numeración de las casas.

—También las fabricaba un amigo.

—Sí.

—¿Y esta vez cómo le fue?

—Poca plata.

—¿La gente no se quejaba?

—Es gente muy afable. Sonreía siempre.

—¿Se hizo algún otro favor?

—Cosas menores. Un conocido me propuso cambiar los viejos faroles de hierro forjado por luz de mercurio. La luz de mercurio no ilumina muy bien, pero le daba un aspecto más moderno al pueblo.

—¿Qué más?

—En la escuela, el asilo de ancianos y el hospital cambiamos los techos de tejas por chapas acanaladas. Tenían el inconveniente de ser calurosas en verano y frías en invierno, pero también la ventaja de que no hubo que reponer más tejas.

—¿Qué otra cosa?

—Loteamos la plaza y la vendimos para locales y galerías. Era demasiado grande, justo en medio del pueblo, con un monumento de bronce que nadie se acordaba de quién era.

—A todo esto, ¿la gente seguía sonriendo?

—Sonreía, siempre sonreía.

—¿Y cómo llegó al estado en que está?

—Es una historia larga. Un día mi mujer fue a la peluquería y la peluquera se equivocó, le tiñó el pelo de violeta. Fue a otra peluquera para que le quitara el violeta y se lo tiñó de verde. La tercera se lo quemó íntegro. Todas se disculparon, sonriendo. Mi mujer tuvo que usar peluca y lloraba. Se mandó hacer un vestido para el aniversario de la fundación del pueblo, modelo exclusivo, sacado de una revista francesa, y cuando llegamos a la fiesta había doce mujeres con el mismo vestido. Se tuvo que retirar, lloró toda la noche. En el supermercado siempre le tocaba el único carrito con las ruedas trabadas, lo arrastraba como un alma en pena, las vecinas pasaban y le sonreían. Mi mujer volvía a casa llorando. Si pedíamos que nos mandaran las provisiones con el reparto era un infierno. La harina y los fideos venían con gorgojos. La soda nunca tenía gas. En el club, en todos los partidos de fútbol, a mi hijo Jorgito lo elegían capitán del equipo y lo convencían de que debía ir al arco porque era el puesto de más responsabilidad.

—Por fin una buena.

—Aunque hiciera un mes que no llovía la pelota siempre le llegaba cargada de barro. Volvía a casa mugriento y llorando. En la calesita, por más que se pasara doce horas dando vueltas, era el único que nunca sacaba la sortija. Volvía llorando. Cuando compraba figuritas en los quioscos siempre le tocaban repetidas, siempre las mismas. Todos los pibes llenaban el álbum, menos Jorgito que nunca pudo pasar de la página dos. Si iba a confesarse para comulgar, la penitencia que le daba el cura era interminable, una semana rezando, recién podía tomar la comunión el domingo siguiente. Jorgito lloraba hasta en sueños. Y después, el asunto del jardín. Mi casa tenía al frente un jardín precioso. De día lo empezaron a orinar los perros, de noche los gatos. Parecían amaestrados. Todas las plantas se murieron, no quedó ni una ortiga. Los vecinos pasaban y saludaban sonriendo. Para mi cumpleaños todo el pueblo me trajo tortas, hacían cola en la puerta y me cantaban a coro "porque es un buen compañero". Cientos de bizcochuelos de coco. Ni que supieran que a mí el coco me descompone.

—Y sonreían.

—Efectivamente. De pronto mi mujer dejó de llorar y empezó a sonreírme también. Un día volví a casa y no había nadie, ni ella ni el chico. La casa estaba vacía, sin muebles. Después supe que había vendido todo. Las propiedades estaban a su nombre. No me quedó nada, ni siquiera el traje. El bochorno fue tan grande que no tuve más remedio que renunciar a la intendencia. Quise darme a la bebida, pero cuando compraba vino me lo vendían aguado. Y me sonreían.

—¿Y ahora?

—Ahora ya me ve, penando. Pensé irme a otro lugar, bien

lejos, pero tengo la impresión de llevar un estigma sempiterno, me parece que, vaya donde vaya, en todas partes me van a tratar igual que acá.

—¿No habrá un poco de paranoia en lo suyo? Vamos, mírese al espejo, ensaye una linda sonrisa y empezará a ver la vida de otro color.

—¿Que me mire al espejo y sonría?

—Eso es lo que le estoy diciendo.

—A esta altura, señor, puedo soportar cualquier cosa menos una sonrisa. Ni siquiera la mía.

DICCIONARIO

◆

L a TV del bar se prende en escasas oportunidades. Esta noche pronuncia su discurso un político de peso y entre los parroquianos hay acuerdo en escucharlo. Cuando termina nos miramos:

—¿Qué quiso decir? ¿Alguien entendió algo?

Aprovechamos la siempre grata presencia de don Eliseo el Asturiano y solicitamos su opinión. Don Eliseo piensa un rato. El silencio se hace largo.

—Disculpen la demora —nos dice por fin—. Por un momento estuve tentado de arriesgar algunas deducciones, pero no quiero correr el riesgo de equivocarme, como ya me ocurrió una vez en uno de mis viajes, cuando recalé en un lugar donde este tema de la interpretación de los discursos era la actividad central de la población.

—Cuente, don Eliseo, ilústrenos sobre sus conocimientos adquiridos de tanto recorrer mundo.

—Cuando salí de Caleao, después de andar y andar buscando un sitio donde afincarme, llegué a cierta isla de las Filipinas. Hacía tiempo que manos anónimas se habían robado el Diccionario y entre los isleños reinaba la confusión porque ya no había forma de verificar el significado de las palabras. Así que para entenderse empezaron a desarrollar una suerte de sexto sentido. Deducían todo por las modulaciones de voz, por las vibraciones emocionales. Se habían vuelto muy baqueanos y yo también fui aprendiendo.

—Debía ser medio peliaguda la vida de relación en esa isla.

—Se les complicaba un poco cuando tenían que firmar un contrato. Los notarios trabajaban como bueyes. Cada palabra requería un párrafo especial. Por ejemplo: Doy fe que el 23 de agosto de 1966 a las 17:33 el término acreedor quiere decir tal y cual cosa, que ése es el significado en este momento y así se entenderá en el futuro mientras dure el presente documento y por más cambios que se produzcan en su interpretación.

—Pobre gente.

—Puede parecer una situación engorrosa, aunque en realidad estimulaba el ingenio. Aquellos isleños eran muy amantes de los juegos de azar y aprovecharon para organizar un gran entretenimiento nacional. El juego alcanzaba su mayor esplendor durante los discursos oficiales. Sobre todo los del Primer Magistrado. Ése era un creador nato, un aventurero del lenguaje. Hacía lo que quería con las palabras. Nadie se hubiese atrevido a tanto. Cuando hablaba se paralizaba el país, la gente reventaba las alcancías y reunida frente a los televisores de los bares apostaba sus ahorros sobre el significado de cada palabra. Después el Escribano Mayor anunciaba: "En el discurso marítimo del día 25 de enero la expresión velero bergantín significa el dinero no hace la felicidad, cormorán a babor significa majestad de la justicia, trinquete de mesana significa viento del este lluvia como peste". No era fácil acertar. La mayoría terminaba rompiendo sus boletas con furia y sólo unos pocos festejaban. Yo, pese a ser un forastero, logré convertirme en un lingüista experto y gané mis buenos dinerillos. Eso sí, me arriesgaba. Descartaba las palabras que venían muy cargadas de apuestas porque pagaban poco. Una vez me levanté una pequeña fortuna con las palabras repolludo y baroscopio. Me gustaba la isla porque siempre fui una persona inquieta y aquello era un desafío permanente y te obligaba a mantener el cerebro alerta.

—¿Y por qué no se quedó ya que le gustaba?

—Cosas del corazón. Me enamoré de una hermosa nativa. Me le declaré y me contestó que también me amaba y que deseaba casarse conmigo y tener muchos hijos. Después me vine a enterar que había interpretado mal el mensaje y lo que ella había dicho era que estaba recontrametida con un tal Timoteo, un pescador de gran prestancia, que a mí no quería verme ni en fotografía y que por favor dejara de portarme como un cuzco plañidero rascando la puerta de su afecto, porque la próxima vez me iba a tirar con la marmita del puchero. Ahí me di cuenta de que la suerte en el juego se me comenzaba a dar vuelta, que se me estaban haciendo dolorosos los malos entendidos, por lo tanto recogí mis fichas y me hice a la mar. Me vine para este país porque un marinero me aseguró que acá las cosas eran claras y todo el mundo tenía una sola palabra y las palabras tenían un solo y único e inamovible sentido y a nadie se le ocurría timbear con los discursos.

REPÚBLICA

◆

Recibo una tarjeta con un bonito escudo en la parte superior izquierda y una bandera en la derecha.

Debajo del escudo y la bandera, con letras doradas, leo:

República de Barloventia, calle Barlovento al 2300, entre Gerundio y Mazapán.

Y a continuación:

Dele un golpe de timón a su existencia —la utopía del mundo mejor que siempre soñó está al alcance de su mano—, cásese con una de nuestras ciudadanas, lindas, honestas, sanas de espíritu, trabajadoras.

Me tomo un taxi y me voy a la calle Barlovento al 2300 a ver de qué se trata. Llego y recorro la cuadra. Una cuadra tranquila, con árboles altos, no hay movimiento de gente, tal vez porque es la hora de la siesta. Un hombre está podando un rosal en un jardín, lo saludo y le pregunto:

—¿Estoy en la República de Barloventia?

—Efectivamente, esta vereda y la de enfrente.

—Recibí la tarjeta y me despertó interés. ¿Con quién tengo que hablar para más información?

—Puede hablar con cualquiera, ésta es una república horizontal, no hay autoridades.

—Si no hay autoridades me interesa más todavía.

El hombre sale a la vereda.

—Puede hacer sus preguntas.

—¿Cómo se originó la República de Barloventia?

—Un día nos cansamos de que nos robaran con los impues-

141

tos, la sanguijuela de los bancos, la educación deficiente y la pesadilla de la atención sanitaria, para no hablar de la otra peste que son los representantes políticos. Así que nos reunimos los vecinos de la cuadra y dijimos: Basta de soportar tantas desdichas. Y sin dar muchas vueltas decidimos constituir una república independiente.

—¿Y cómo hicieron para cortar con todo?

—Dimos de baja los servicios y dejamos de pagar los impuestos. Y a partir de ahí empezamos desde cero, como los viejos colonizadores. Cada casa tiene jardín y lo aprovechamos para el cultivo. Nos autoabastecemos. Todas las compras se hacen dentro de la República, el trueque es un recurso que adoptamos a menudo. Ahí enfrente, en la casa amarilla, el médico de la cuadra instaló una unidad sanitaria. Recurrimos al exterior exclusivamente en casos de alta complejidad. En la esquina, la señorita Beatriz, nuestra maestra jubilada, acondicionó su casa para que funcione como escuela. En el programa de enseñanza hay una nueva materia, la historia de nuestra joven República. Para prever apuros económicos de los ciudadanos fundamos una mutual. Antes de la gran raviolada dominguera, se discuten entre todos las decisiones importantes.

—Veo que en la puerta de cada casa hay fotos de ancianos, ¿quiénes son?

—Nuestros ancestros. Nuestros próceres. Los viejos se ocupaban de que no se perdiera lo que habían visto de las buenas cosas del mundo y también de las catástrofes. Les pasaban sus conocimientos a los hijos para que éstos a su vez continuaran la cadena y no se perdiera la memoria. Retomamos sus tradiciones, que estaban un poco olvidadas, cada uno de nosotros concurre a la escuela de la señorita Beatriz y dedica unas horas de su día a transmitirles a los chicos lo que aprendió sobre esos temas.

—Me llena de entusiasmo lo que me está contando. Una pregunta más, en la tarjeta que me mandaron hay una muy interesante oferta de casamiento con chicas lindas, honestas, sanas de espíritu y trabajadoras. No alcanzo a entender cuál es la relación entre el casamiento y los principios de la República.

—Es fácil de entender: aquel que se lleve a una de nuestras

chicas se lleva a una pionera, y los muchos hijos que sin duda tendrán, vayan donde vayan, difundirán el espíritu de Barloventia y su lucha contra las calamidades que azotan nuestro planeta.

—Dígame dónde tengo que firmar y cuándo puedo conocer a mi futura esposa.

DEPRE

◆

Tal vez sea la situación del país lo que afectó tan profundamente a la clientela del bar, tal vez sea la combinación de la crisis y vaya a saber qué problemas personales, pero lo cierto es que los parroquianos llegan arrastrándose, se desploman en las sillas, piden sus copas levantando trabajosamente una mano y con temblorosas voces de nonagenarios hablan de su calvario cotidiano con la depresión.

—Cada día la depresión me aplasta más. Hoy el despertador sonó a las siete como siempre, pero me pasé la mañana mirando el cielo raso y recién pude salir de la cama a las once.

—No me hable de depresión y de la cama, vengo de estar dos días seguidos sin poder levantarme.

—Yo me voy a recibir de maestro mayor de depresión, tengo picos seis o siete veces por día, cualquier colchoncito que se me cruce en el camino es una cucha para tirarme y quedarme ahí.

—En mi casa hay días en que no se levanta nadie de la cama, yo estoy deprimido, mi mujer está deprimida, mis hijos están deprimidos, mi suegra está deprimida, el perro está deprimido.

Acá interviene el Gallego:

—Honorables clientes, por supuesto no entiendo nada de este mal que incluso para la ciencia sigue siendo un territorio de misterio, pero en mi juventud me tocó estar cerca de un caso de depresión colectiva y quizás el relato de mi experiencia pueda serles de utilidad. Yo correteaba una bebida espirituosa por toda Galicia y un día llegué a un pueblo y me llamó la atención

145

que no hubiera ni un alma en la calle. Fui a verlo a don Manolo, el propietario del bar, y me lo encontré en cama. "Estoy con una depresión terrible —me dijo—, hace días que no puedo levantarme, las cosas vinieron mal, se perdió la cosecha, el banquero nos estafó y el alcalde se fue con la plata del Ayuntamiento; para colmo hoy tendría que ir sin falta a la casa de don José, el notario, para firmar unos papeles, y no sé cómo hacer." "¿Por qué no le manda decir al notario que venga para acá?", le dije. "A quién voy a mandar, todo el pueblo está en cama, deprimido, incluso don José; hágame un favor, esta cama tiene rueditas, lléveme". Lo empujé hasta la casa del notario, arrimé la cama de don Manolo a la del profesional, se firmaron los papeles, se asentó el acto en el protocolo y regresamos. "Si pudiera quedarse acá, usted que no tiene el mal de la depresión, nos ayudaría a cumplir con algunas obligaciones que son impostergables", me dijo don Manolo. En ese momento yo estaba pensando: "De toda Galicia, don Manolo es mi mejor cliente y está absolutamente planchado, la gente del lugar está planchada, si nadie viene al bar no se va a vender una sola botella de mi bebida espirituosa y me pierdo de ganar un montón de plata". Entonces se me ocurrió una idea. "Don Manolo —le dije—, en mi pueblo los muchachones están de vagos, son jóvenes fornidos, entusiastas, no tienen la menor idea de lo que es esa cosa de la depresión y por una monedas pueden venir y movilizar a todo el mundo." De nuevo saqué a don Manolo en su cama, recorrimos todas las casas de la calle mayor y la sugerencia fue aceptada por unanimidad. Dos días después vinieron los muchachos y rápidamente el pueblo volvió a la actividad. Daba gusto ver las camas acondicionadas con rueditas de goma que iban y venían por las calles y la plaza. El bar entró a funcionar a pleno. Habían quitado las mesas y estaba lleno de camas con gente acostada y deprimida dándole al trago. Se pasaban los vasos de bebidas y los platitos de maníes y aceitunas de cama a cama, y a la hora de pagar circulaba el dinero en dirección inversa, hacia las manos de don Manolo. Me felicité mucho por mi idea ya que aumenté las ganancias un cincuenta por ciento. No sé si esta historia les sirve de algo.

—Claro que sirve, Gallego, lo estaba escuchando y tuve como una iluminación. Acá lo que tenemos que armar es una empresa de camas rodantes para trasladar a los bajoneados.

—Totalmente de acuerdo, cada vez habrá más deprimidos en este país y por lo tanto más usuarios. Llegará el momento en que todos serán clientes nuestros.

—No quiero ser derrotista, pero permítanme una reflexión: cuando todo el mundo esté deprimido, ¿quién va a llevar las camas?

—Contratamos africanos que son expertos porteadores, gente acostumbrada a los safaris y a cobrar poco.

—Excelente. Acaba de quitarme la única duda que me frenaba. Ya mismo me prendo al proyecto.

—Ya lo estoy viendo, miles y miles de camas cruzando la ciudad hacia todos los destinos. Socios, éste es el negocio del siglo, nos vamos a llenar de oro.

BENDICIONES

◆

Personaje uno: don Ferrari, ex médico municipal, viudo, agnóstico, posee una casita y recibe una modesta jubilación.

Personaje dos: su hija María Jimena, treinta años, católica fervorosa, segundo año de carrera de letras en el Salvador, ama de casa, madre de cinco chicos.

Personaje tres: Vallejo, treinta y cinco años, marido de María Jimena, también creyente aunque un poco menos, secretario en un juzgado laboral.

Todos viven en la casita de don Ferrari, que es quien me cuenta la historia en una de sus escasas visitas al bar.

María Jimena y Vallejo tuvieron el primer hijo porque lo deseaban, después quisieron parar. Aplicaron el método Ogino, el de los días seguros, admitido por la Iglesia católica.

—He visto incrementarse muchas proles con ese sistema japonés —comento.

—Es nuestro caso, señor —dice don Ferrari—. Ahora tengo cinco nietos. Mi hija y mi yerno dejaron de tener relaciones por temor a nuevos embarazos. Vallejo, que es un poco más elástico, propuso otros métodos para evitarlos, por ejemplo usar profilácticos.

—¿Y ella qué dijo?

—Dijo que ni ebria ni dormida, que no está permitido. La cosa se puso espesa. Con la abstinencia, Vallejo andaba como una fiera enjaulada junto a un pantano con mosquitos. Mi temor era que en cualquier momento hiciese la valija, dijera adiós y

149

desapareciera. Entonces quedarían seis bocas para alimentar, además de la mía, con el único ingreso de mi jubilación. Considere la situación.

—Me pongo en su lugar.

—Hablé con Vallejo. Nunca nos tuvimos mucha simpatía, pero esta vez hicimos causa común, cada uno en defensa de sus intereses. La encaramos a María Jimena y le hicimos una pregunta fundamental: ¿y si los preservativos estuviesen bendecidos?

—¿Y ella qué dijo?

—Que ningún sacerdote estaría dispuesto a bendecirlos.

—Argumento de fierro.

—Le explicamos que el sacerdote no tenía nada que ver. Era cuestión de que cuando impartiera la bendición con esa especie de bombilla que se llama hisopo, una gota cayera donde tenía que caer. El agua está bendecida y al tocar el objeto expuesto lo bendice también. Es algo que va más allá de las decisiones o voluntades humanas.

—¿Y ella qué dijo?

—Que el razonamiento tenía cierta coherencia y que de esa manera tal vez podría transigir, pero quería pruebas. Le dijimos que con mucho gusto, que nos acompañara en la expedición y que comprobara con sus propios ojos.

—¿Y ella qué dijo?

—Que jamás se sometería a semejante bochorno. Entonces le propusimos traerle fotos. Conseguí prestada una cámara de alta velocidad con teleobjetivo. Fuimos a la iglesia del barrio. Nos acomodamos adelante. Vallejo llevaba un profiláctico en el puño y cuando el cura empezó a sacudir el hisopo estiró el brazo y abrió la mano. Yo meta disparar fotos. El tema era pescar la gota en el momento de llegar a destino.

—¿Resultó?

—El cura se dio cuenta y nos condenó al fuego eterno, unas ancianas piadosas nos molieron a carterazos, el sacristán nos corrió a escobazos. Probamos en otras iglesias. Le sugerí a Vallejo que, teniendo en cuenta las dificultades, llevara unos cuantos preservativos en el puño, para no andar arriesgándonos a cada rato. Salimos durante días, cada vez más lejos del barrio.

En todas partes carterazos y escobazos y condenados al fuego eterno. Hicimos revelar algunas fotos que no estaban mal, se veía la mano extendida y el cura bendiciendo, y se las llevamos a María Jimena.

—¿Y ella qué dijo?

—Que no era prueba suficiente.

—A mi entender eso ya es ser caprichosa.

—De noche yo le imploraba a Guillermo Tell: Querido Guillermo, patrono de todos los aciertos, vos que pudiste darle a una manzana en la cabeza de tu hijo, hacé que caiga una gotita en el lugar adecuado. Tuve una idea. Le propuse a Vallejo que lleváramos una canastita de mimbres, bien llena, con tapa. Cuando llegara el momento solamente debía correr la tapa. El sistema era más discreto, el blanco mucho más grande y por lo tanto más fácil de ser embocado. Y otra ventaja: la cantidad de productos bendecidos sería notablemente mayor.

—¿Cómo resultó?

—Esta vez bien. Fue en Liniers, ya nos estábamos por pasar a la provincia. Unas fotos de primera, se las voy a traer. Seis gotas. No una: seis. Corrimos a casa y se las mostramos a María Jimena.

—¿Y su hija qué dijo?

—Dijo que ahora podía ser.

—Por fin.

—A partir de ese momento volvió la tranquilidad. La canastita está guardada en la caja fuerte.

—¿Y el día que se terminen?

—Van a durar. Cuando el nivel empieza a bajar voy a la farmacia, compro una caja grande y le agrego un puñado a la canasta. Creo que este año lo tenemos cubierto.

GÉNESIS

◆

Es domingo al mediodía y disfruto del sol en un banco de la plaza. En el otro extremo se sientan un anciano y un chico.

—Abuelo —dice el chico—, la maestra nos está leyendo la Biblia y hay muchas cosas que no entiendo, ¿por qué no me explicás lo del Génesis?

—Se trata de un acontecimiento importante porque ahí empezó todo —dice el abuelo—. Al principio reinaba el caos absoluto, las cosas estaban pésimamente mal. Hasta que apareció nuestro Padre, vio lo que pasaba, analizó la situación y decidió intervenir.

—¿Cómo era nuestro Padre?

—Grande. Muy grande y muy sabio. Montaba un caballo pinto muy hermoso y vestía uniforme de general. Se puso a trabajar duro, se enfrentó a las fuerzas del mal, luchó y transformó la confusión en un gran orden.

—Mi maestra dice que tardó seis días.

—Seis días y algunos más, porque era mucho lo que había que hacer. Impuso la paz y la justicia social, repartió bienes entre los necesitados, creó los sindicatos, les dio la jubilación a los ancianos, fomentó los deportes, inauguró hospitales, escuelas, plazas con juegos, todo el mundo podía ir de vacaciones, al campo, a la montaña, al mar que a vos te gusta tanto. En resumen, la gente comenzó a vivir decentemente, los trabajadores cobraban salarios dignos y los chicos podían recibir una buena educación. La vida era pura alegría y para las fiestas de fin de año nuestro Padre mandaba alimentos extras y golosinas a las mesas familiares.

—¿Es lo que mi maestra llama el maná, la comida que caía del cielo?

—Ella puede llamarlo así, pero en realidad lo que caía eran botellas de sidra y pan dulce. También mandaba montañas de juguetes. Los chicos eran sus preferidos.

—¿Y después qué pasó?

—La serpiente envidiosa acechaba, instigaba, envenenaba las relaciones entre los hombres, los ponía unos contra otros y poco a poco comenzó a reinar nuevamente la anarquía. Entonces, nuestro Padre, indignado, decidió abandonar a los hombres a su suerte, por ciegos y por desagradecidos. Y se fue.

—¿Adónde se fue?

—Muy lejos. Los hombres, sin guía, perdido el rumbo, destruyeron todo lo bueno que él había construido y se dedicaron a adorar falsos dioses. Hasta que un día, cuando ya no quedaba nada en pie, se dieron cuenta de sus errores y comenzaron a orar para que volviera. Apiadado, nuestro Padre decidió regresar. Pero ya no había nada que hacer, estaba todo envenenado, hasta el aire estaba envenenado, y nuevamente se encontró con el egoísmo y el odio e incluso los que se decían sus seguidores más fervientes andaban con el cuchillo bajo el poncho y se peleaban entre sí. Entonces, disgustado, partió de nuevo y esta vez fue para siempre.

—¿Para siempre?

—Bueno, eso en realidad nunca se sabe.

—¿Y entonces?

—A partir de ahí la oscuridad cubrió la Tierra, sobrevino el Diluvio y hubo terror, muertes y después mucha miseria. Gobernaban los mercaderes, especulaban en las puertas de los templos y el pueblo pasaba hambre. Al ver tanto dolor, nuestro Padre volvió a apiadarse y pensó que los hombres ya habían sufrido bastante por los errores cometidos. Así que decidió mandar a su propio hijo a reinar entre ellos, para traer la paz y la prosperidad. El hijo caminó el país de punta a punta y con gran energía convenció incluso a los que no creían, aseguró que pronto recuperarían la fe y la alegría perdidas y prometió un futuro esplendoroso.

—¿Ése es al que después crucifican?

—No lo crucifican.

—Mi maestra nos explicó que sí.

—Está equivocada.

—Todo el tiempo nos dice que al hijo lo crucificaron.

—Tu maestra no sabe nada.

—Mi maestra sabe de todo, podés preguntarle lo que quieras y te lo contesta.

—Ya va a cambiar de idea sobre ese asunto de la crucifixión.

—Mirá abuelo que esa parte de la historia nos la contó muchas veces y al final siempre: ñácate —dice el chico pasándose el dedo pulgar por la garganta al mejor estilo mafia.

MAJESTAD

◆

U na vez más el bar es honrado con la grata presencia de don Eliseo el Asturiano y como suele ocurrir le pedimos que nos ilustre con una anécdota de sus viajes.

—Bien, veamos, déjenme recordar —dice don Eliseo—. Entre tantas aventuras en las que me vi envuelto después de salir de Caleao, también me tocó sufrir un naufragio y me salvé sobre una tabla en compañía de un marinero de nombre Filomeno. Logramos llegar a una playa y nos recogieron unos pigmeos. Los pigmeos carecían de rey en ese momento. Filomeno era morocho y petiso y tal vez por eso y porque había venido del mar le ofrecieron el cargo. Filomeno aceptó, ocupó el trono en la gran cabaña de bambú en el centro de la aldea y los nativos lo llamaban Majestad Ilustrísima y Serenísima.

"De entrada tuvo que decidir el caso de un ladrón de gallinas. Supongo que no quiso inaugurar su reinado con una condena o quizás en algún momento de su vida se había dedicado a robar gallinas también él y se sintió solidario con el chorro, la cuestión es que lo dejó en libertad. Al día siguiente el indultado le mandó de regalo seis hermosas batarazas ponedoras, que entraron a engrosar el patrimonio del gallinero real. Filomeno vislumbró que administrar justicia podía convertirse en un buen negocio y a partir de ahí siguió soltando reos y recibiendo sus muestras de agradecimiento. Podría relatarles muchos casos, aunque siempre me acuerdo de uno en especial, porque la que vino a pedir clemencia fue la esposa del delincuente y era una

157

belleza de pigmea y por única vez le envidié el cargo a Filomeno. La hizo pasar, se encerraron y al cabo de dos horas la preciosidad salió con el indulto bajo el brazo.

"Mientras se tratara de ladrones de gallinas la cosa no tenía demasiada importancia, pero cuando amnistió a varios pesos pesados que permanecían en el calabozo de máxima seguridad desde hacía rato, empecé a preocuparme. Disfrazado de mendigo hice averiguaciones deslizándome entre la gente en el mercado. Era evidente que los nativos andaban cabreros. Había un tema que estaba en boca de todos y que me recordó la trama de *Lord Jim*, la novela de Joseph Conrad que había leído en mis años mozos. Y había en especial dos palabras que los nativos repetían todo el tiempo: responsabilidades y pescuezo.

"Inmediatamente le comuniqué las novedades al rey: 'Don Filomeno, Majestad Ilustrísima y Serenísima, en esta parte del mundo existe una tradición que establece lo siguiente: el que libere a un reo deberá hacerse cargo de él, lo asumirá como si fuese un hijo suyo y se convertirá en responsable de los futuros actos del indultado. De hecho, los que usted soltó cambiaron sus nombres y ahora todos se llaman Filomeno'. No le dio importancia. Insistí: 'Don Filomeno, Majestad Ilustrísima, hágame caso, no se cargue de hijos. No creo que los nativos hayan leído a Conrad, pero este asunto de la responsabilidad me recuerda demasiado a cuando Lord Jim permite que los piratas se retiren sanos y salvos y acepta hacerse cargo de las consecuencias de su acto y termina pagando con el pellejo'. 'Eliseo, Eliseo —dijo Filomeno—, no sea aguafiestas, déjeme disfrutar, es la primera vez en mi vida que soy rey'.

"Y así seguían las cosas. De tanto en tanto yo volvía a la carga: 'Don Filomeno, Majestad, tenga cuidado, la familia se le agranda cada vez más y el asunto terminará escapándosele de las manos. Ni el más pintado puede controlar una parentela tan numerosa. Se han estado cometiendo delitos de muy grueso calibre y se rumorea que los autores son algunos de sus chicos'. Era como si oyera llover.

"Y yo volvía al día siguiente: 'Don Filomeno, mire que los pigmeos se están cansando. Ahora se pusieron a construir algo en la plaza que se parece bastante a una guillotina'. '¿De dónde van a sacar estos nativos la idea de una guillotina?', me contestó. 'Tal vez en algún momento de su historia fueron colonia francesa, a lo mejor acaban de inventar el artefacto nuevamente, no lo sé, pero yo que usted me preocuparía. Le están sacando filo a una piedra chata del tamaño de una pizza grande. La tienen atada con una liana y la hacen deslizar de arriba hacia abajo entre dos parantes acanalados. Filomeno, qué quiere que le diga, para mí ésa es una guillotina, acá, en París y en la Siberia'.

"Pero el hombre estaba demasiado cebado. Se lo pasaba fumando puros, tomando agua de coco, haciéndose abanicar, acumulando regalos y aumentando la familia. No me resultaba difícil imaginar el final, y como tengo un estómago delicado que no soporta escenas cruentas empecé a juntar mis bártulos. Una noche sin luna me metí en un bote, me hice a la mar remando con entusiasmo y me vine para acá, donde la gente es muy discreta y considerada, no se molesta si alguien anda indultando generosamente, y por lo tanto nadie tiene que enfrentarse con hechos de mal gusto como los que deben haber ocurrido en los últimos días de la vida de Filomeno.

SIMPÁTICO

◆

En la punta de la barra tres trajeados hablan en voz alta y con indignación sobre robos, coimas, estafas. Deben ser abogados. Doctor de acá y doctor de allá, se doctorean todo el tiempo. En la charla abundan términos como funcionarios, cosa pública, latrocinio. Y frases tipo *justitia virtutum regina, fiat justitia rust coelo*, la finalidad de la justicia es dar a cada cual lo que merece, etcétera. Reclaman castigos ejemplares. El tipo que está a mi lado y toma té de boldo sacude la cabeza y repite varias veces:

—Es el simpático.

Primero habla para sí mismo, luego se dirige a mí y también a los doctores.

—Disculpen que me meta en la conversación —dice—, pero advierto que son demasiado severos al juzgar. Les recuerdo el pensamiento del surrealista Antonin Artaud: la salud es un estado, la enfermedad otro. No se equivoquen, no se trata de ladrones ni de estafadores ni de coimeros, sino de gente con el simpático inflamado.

Tiene acento de hombre del interior.

—¿A qué se refiere? —pregunta uno de los doctores.

—Al sistema nervioso, al gran simpático. Acá estamos ante un típico caso de enfermedad contagiosa. Como ustedes no ignoran, un órgano, un ojo, un riñón, pueden llegar a lesionarse cuando el órgano simétrico se halla afectado. Debido a este mismo reflejo de imitación, un individuo repite los actos que otro ejecuta, por ejemplo el bostezo o el vómito. Un estallido por simpatía

161

es el que se produce en un depósito de explosivos como consecuencia de otro estallido a poca distancia. Y es por simpatía que la cuerda de un instrumento resuena por sí sola cuando se hace sonar otra no muy lejos. Con las estafas pasa lo mismo. Alguien empieza y por efecto del simpático otro lo imita, después viene un tercero y se produce una reacción en cadena. De esta manera es como se presenta y se desarrolla la dolencia.

Intervengo también yo y le digo que si realmente fuera así y teniendo en cuenta los ejemplos que nos rodean estaríamos todos robando sin parar.

—El contagio se produce únicamente en aquellas personas que andan con el simpático inflamado —me explica—. No es que tengan intención de robar, son honestos, pero fuertemente afectados por ese problema de irritación. No se puede tratar a los enfermos como si fueran delincuentes. Esa pólvora y esa cuerda de las que les hablé no tenían intención de estallar ni de vibrar, pero no pudieron evitarlo por el efecto de simpatía. En el caso de la gente la solución es buscarle remedio al simpático inflamado.

—¿Existe ese remedio? —pregunto.

—En mis pagos tuvimos una epidemia de simpáticos inflamados. Hubo una estafa y después a todo el mundo se le dio por robar y estafar. Así que buscamos rápido una cura.

—¿Y cómo curaban?

—Con un método absolutamente naturista. Se toma un gran caldero, se llena de agua y se pone a calentar. Cuando hierve se le agregan varios yuyos: paico, poleo, incayuyo, peperina, yuyo sapo. También cáscara de huevo finamente molida, barba de choclo y ralladura de cáscara de limón. Si le interesa la próxima vez que nos veamos le traigo la receta anotada, porque de memoria se me pueden olvidar algunos ingredientes. Después se somete al enfermo a cortos baños de asiento en el caldero.

—El líquido, ¿tibio o frío?

—A cien grados, temperatura constante.

—Pero a cien grados el paciente se cocina.

—Son pasadas rápidas, ponerlo y sacarlo, sentarlo y levantarlo.

—¿Cuántas veces?

—Término medio cincuenta veces.

—¿Y da resultado?

—Siempre. Hubo casos de enfermos que pasaron las cincuenta y llegaron a las sesenta y hasta setenta sentadas. A ésos sí se les comenzó a cocinar el trasero. Pero también he visto resultados relámpago, enfermos que al quinto, sexto remojón de las partes ya estaban totalmente curados.

—Quiere decir que se les había desinflamado el simpático.

—Exacto.

—De todos modos, aunque se trate de sentadas rápidas, le digo que me causa cierta impresión pensar en los enfermos con las partes sumergidas en el caldero.

—No hay nada como el naturismo, créame.

—Le creo, pero la impresión subsiste.

Los doctores escucharon con atención y permanecen pensativos. Me parece que a ellos también los impactó el tema del baño de asiento a cien grados. El paisano pide otro té de boldo e invita una vuelta. Yo acepto. Los doctores aceptan.

—Por favor —dice uno dirigiéndose al Gallego—, que el mío no esté muy caliente.

—El mío tibio —dice otro.

—El mío menos que tibio —dice el tercero.

—Y el mío más bien tirando a frión —digo yo.

DURADEROS

—◆—

Siempre se habla de los grandes políticos a nivel nacional e internacional pero se ignora la riqueza de individualidades políticas en las intendencias de los pequeños pueblos. Ése es el tema de esta noche en el bar.

—Si vamos a hablar de gran cintura política les puedo mencionar a don Boris Ciemenciuk, intendente eterno en Monte Carolina, Misiones. Tenía un arma secreta para mantenerse en el cargo y era el conocimiento sobre vida, obra y milagros de cada uno de los habitantes. Las intimidades mejor guardadas, los cuernos, las agachadas, todas esas cosas oscuras que tratamos de enterrar profundamente, él las sabía. Se decía que la información le venía del cura, único confesor en cien kilómetros a la redonda. Cuando alguno de sus leales pretendía crecer demasiado o alguno de la oposición se ponía levantisco, don Boris le hacía saber que él sabía lo que el otro no quería que nadie supiera. Tenía a todo el mundo agarrado de los testículos, incluso a las señoras. Duró para siempre.

—Yo puedo citar el caso de Benito Tiraboschi, intendente perenne de Villa Cantera, en el sur de la provincia de Córdoba. Su arma secreta era el celestinazgo. Arreglaba casamientos. Cruzaba hijos de aliados con hijos de opositores. Casó de esta manera a sus propios siete hijos, tres varones y cuatro mujeres, además de una gran cantidad de sobrinos. También se encargaba de casar gente de edades medianas que andaba suelta y gente mayor que había quedado sola. Organizaba fiestas, planificaba encuentros. Tenía un fichero muy bien organizado donde figuraba el estado social de cada uno de los habitantes. Las fichas de los solteros llevaban una marca roja y ese rojo era la gran obsesión de Benito Tiraboschi. Hasta que no lograba reemplazarlo por una marca verde no descansaba. Y siempre teniendo en cuenta el detalle de los parentescos y los cruces entre simpatizantes y posibles opositores. Cada casamiento significaba un reaseguro en la prolongación de Benito Tiraboschi en la Intendencia. En todos los casos, sin excepción, don Benito era el padrino de bodas. En ese pueblo estaban todos medio emparentados y políticamente hablando nunca hubo divisiones. Don Benito duró para siempre.

—Yo podría hablar largo y tendido de don Erich Krenz, intendente de Nueva Berna, en Santa Fe, cerca de Esperanza. Su arma secreta era la participación. Tenía un lema: El deber municipal los reclama. Se lo pasaba movilizando a la gente y la ponía a leer los reglamentos municipales. Después les tomaba examen. Los hacía participar en cada decisión, incluso en las más insignificantes, la compra de media docena de biromes, un plumero, un tarro de lustrametales para el bronce de San Martín que estaba en la entrada. Cada expediente, para ser aprobado, debía ser leído por la población entera. No se salvaban ni niños ni ancianos. Llegó el momento en que los lugareños no querían ver la Municipalidad ni en foto. Ni la nombraban. Daban rodeos para no pasar cerca. Era como una casa embrujada. Nadie quería saber nada de la Municipalidad. Don Erich duró para siempre.

—No es por espíritu de competencia, pero me gustaría hacer mi aporte al tema que nos ocupa esta noche —interviene el Gallego—. También en mi pueblo hubo un alcalde duradero. Ustedes mismos deducirán en qué consistía su arma secreta. Aquel hombre no era ni bueno ni malo, ni feo ni lindo, ni fino ni rústico, ni habilidoso ni torpe, ni honrado ni deshonesto, ni generoso ni tacaño, ni parco ni locuaz, ni inteligente ni ignorante, ni listo ni ingenuo. Lo que sí les puedo asegurar es que era muy lento. Una lentitud extraordinaria. Alrededor de él todo ocurría despacio. Las decisiones en la Alcaldía se tomaban con mucho, muchísimo tiempo. Los discursos no finalizaban más, duraban días o a lo mejor semanas. Nadie podía decir cuánto, nos perdíamos en tanta morosidad. Cada letra de cada palabra parecía multiplicada por cien. Una letra a equivalía a cien *a*. El alcalde te saludaba y uno veía venir su mano lentamente, lentamente, no acababa nunca de llegar. Tu mano se te dormía mientras esperabas la de él. Te decía "buenos días" y nos quedábamos mirando cómo se iba separando el labio superior del inferior. La aldea terminó contagiada. La gente y las cosas. Hasta los relojes habían aminorado la marcha. A la mañana en la torre de la iglesia sonaba el campanazo de las siete y uno sabía que podía seguir durmiendo porque el segundo campanazo vendría recién dos o tres horas después. Y las siestas no les digo nada, eran gigantescas. Todos andábamos con presión baja, promedio de cuatro. Visitar a los parientes en la otra punta del pueblo no era una decisión fácil. Lo pensábamos, lo pensábamos. Y después era una travesía trabajosa, trabajosa, caminábamos como astronautas en la luna. Cuando llegábamos los chicos habían cambiado y casi no los reconocíamos. Incluso la naturaleza se había contaminado. Ibas a pescar y el agua no acababa nunca de pasar bajo el puente. Los pescados tardaban horas en llegar al anzuelo, se acercaban despacio, despacio. En el campo la fruta no maduraba. Nosotros teníamos unas hileras de durazneros y los duraznos estaban siempre verdes. Habrá que esperar hasta el año que viene, decía mi padre. Aquel alcalde siguió y siguió, duró y duró y duró. No terminó nunca de durar.

FAMA

◆

Don Eliseo el Asturiano nos honra nuevamente con su visita. Le invitamos una copa. Nos invita otra.

—Una vez quise ser dios —nos dice.

—¿Para traer el bien a este sufrido mundo? —preguntamos.

—En realidad, para ser idolatrado.

—Nos gustaría oír esa historia.

—Fue en las islas Munaturas, al sur de las Célebes, uno de los tantos sitios donde recalé buscando un hogar, después de salir de Caleao. Ahí los dioses andaban por la calle.

—¿A pie?

—A pie, en carroza o llevados en andas. Los lugareños se desvivían por idolatrar.

—¿Cómo eran esos dioses?

—Gente como uno, con la diferencia de que aparecían todo el tiempo en las tapas de las revistas, en los casamientos y las fiestas importantes, en los actos públicos, dando consejos por televisión. Los nativos eran muy devotos, creyentes fanáticos. El primer mandamiento de su Libro Sagrado decía: No tendrás otros dioses que los famosos y los admirarás por sobre todas las cosas. Así que la población competía para ver quién tenía más autógrafos, quién los había invitado a su casa la mayor cantidad de veces, quién había conseguido sacarse más fotos con ellos.

—Seguramente se trataba de filántropos, científicos, iluminados, artistas, santos.

—Todo lo contrario. Esos que usted nombra siempre tienen

detractores, la santidad se pone en duda, los artistas pasan de moda, los descubrimientos científicos se superan, las buenas acciones se diluyen. Pero si usted cometió una cabronada bien grande, eso no se olvida más y su fama es para siempre.

—En ese punto tenemos que darle la razón, don Eliseo.

—La primera vez que pude ver a un famoso de cerca quedé impresionado. Estaba cenando en el restorán más lujoso, cada vez que se llevaba el tenedor a la boca la multitud lo ovacionaba, las niñas le colocaban guirnaldas de flores en el cuello, los chicos le regalaban sus juguetes, las mujeres le besaban los pies y le pedían la bendición, las recién casadas le rogaban que fuera padrino de su primogénito, las vírgenes se le ofrecían y los muchachitos también. Hubo escenas de histeria.

—¿Y quién era ese dios?

—Don Jorge. Había empezado estafando a la madre, de muy chiquito. Siguió con el resto de la familia y más tarde se convirtió en un estafador de dimensiones universales, tenía una trayectoria y un récord imposibles de igualar, no había con qué darle.

—Impresionante, don Eliseo.

—Después de don Jorge fui conociendo a otros. Un estadista, creador del primer registro mundial de granos de arena. Pidió un empréstito multimillonario, contrató expertos internacionales, realizó el censo de los granos de arena de las islas y les reventó el futuro a veinticinco generaciones. Conocí a un militar, el general Kealakekua, que declaró una guerra de exterminio contra las gaviotas devastadoras de cosechas. Perdió la guerra y llenó el país de ruinas, viudas y mutilados.

—Más que impresionante.

—Había un Olimpo de dioses de la fama. Extraordinarios batidores de récords. Y muy longevos. Venían de todas partes del mundo a instalarse en las Munaturas. Se aseguraba que ahí los famosos vivían más de cien años, mucho más de cien.

—¿Y a qué se debía tanta eterna primavera?

—Al clima, al agua y por sobre todas las cosas al amor devoto de la gente. Esto me lo explicó don Kurt, inventor de varias vacunas truchas. Había asolado tres continentes, dejó un tendal, su fama no tenía parangón, la gente se derretía cada vez que lo veía, tenía un sellito con la firma porque se le dormía la mano de tanto dar autógrafos. Logré entrevistarme con él. Me dijo: "Le haré una confidencia de extranjero a extranjero, siento que voy a vivir quinientos años o mil o más de mil. El cariño y la admiración de la gente me han rejuvenecido: buenos días don Kurt, buenas noches don Kurt, que tenga un bello despertar don Kurt. Es maravilloso". Por lo tanto, a medida que pasaba el tiempo, se me fue haciendo cada vez más claro que si quería afincarme en las Munaturas tenía que adaptarme a la tradición local, ahí no había posibilidad de términos medios, la cuestión era idolatrar o ser idolatrado. Un buen día me propuse ponerme a prueba y competir con los dioses.

—¿Le pareció que tenía chance?

—No era fácil, pero tampoco imposible. No se olvide que yo tenía veinte años y quería triunfar.

—¿Pudo entrar en carrera?

—Para ir afirmando el pulso intenté algunas estafitas, pero conseguí poca cosa. Sólo logré la admiración de un par de vecinos y del frutero de la playa. Insistí durante un tiempo y luego tuve que reconocer que no estaba a la altura de aquellos campeones.

—Cuesta creer que haya abandonado, don Eliseo.

—No abandoné. Decidí buscar un territorio virgen o donde la competencia no fuera tan despiadada. Me dije: si encuentro ese lugar, con todo lo que aprendí en las Munaturas, en un par de pases me hago dios.

—Bien pensado.

—Me hablaron de este país y de sus habitantes tan devotos.

—¿Y entonces?

—Largué todo y me vine.

—¿Y acá cómo le fue con la competencia?

—Quiere que le diga la verdad: mejor me hubiera quedado en las Munaturas.

DERIVA

◆

Noche tarde en el bar. Llueve y relampaguea, las calles están inundadas.

—De nuevo se movió todo —exclama uno de los parroquianos aferrando con fuerza su vaso y mirando alrededor—. ¿Se dieron cuenta del tremendo sacudón?

—No me di cuenta de nada —dice otro—, recién voy por el quinto whisky.

—No es cuestión de whisky sino de agua salada, oleaje de mar, señores míos, estamos navegando a la deriva y otra vez debemos haber chocado con algo.

—¿Quién está navegando a la deriva?

—El país navega a la deriva, se desprendió del continente y anda solo por los océanos.

—¿Usted quiere insinuar que se desenganchó, soltó amarras, que propiamente se separó de la tierra firme?

—Exactamente como lo acaba de describir.

—Eso es fácil de decir, vayamos a las pruebas por favor.

—Bueno, ahí le tiro una muy simple, no sé si se fijaron que en Plaza de Mayo cada vez hay más gaviotas que palomas.

—¿Y eso que significaría?

—Significa mar, significa que navegamos, aire marino, viento marino, bichos marinos.

—¿Por qué está tan seguro, tiene estudios hechos sobre el tema?

—No soy un científico, pero poseo un gran poder de observación y además soy muy marinero, desayuno con Melville, almuerzo con Conrad y ceno con Stevenson. Como diría Emilio Salgari: ninguna de las cosas del mar me es ajena.

—Si es cierto, tal como usted afirma, que nos desprendimos del continente, ¿por qué los hermanos paraguayos, brasileños, bolivianos y los demás hermanos no se dieron cuenta de que no estamos más?

—Ellos creen que seguimos ahí, pero lo que ven es el aura. Ya saben cómo es eso, cuando algo permanece mucho tiempo en un lugar, aunque en algún momento se vaya, durante una temporada permanece el aura.

—¿Hasta cuándo seguirán viendo el aura?

—Eso no lo sé, pero en algún momento va a desaparecer.

—Qué solos se van a sentir los hermanos uruguayos cuando se den cuenta de que nos fuimos.

—¿Y según usted hacia dónde estaríamos rumbeando?

—De acuerdo con mis cálculos por ahora estamos yendo hacia el norte, digamos que nordeste. No sé si han tomado un avión últimamente, pero los viajes a Europa son cada vez más cortos. En cambio traten de volar a Chile, no se llega nunca.

—¿En este momento por dónde andaremos?

—Por mis observaciones del cielo, la temperatura y otros fenómenos, deduzco que nos estamos acercando al trópico, he visto multitudes de aves tropicales en mi jardín. Me llamó mi primo de Mar del Plata, están pescando unas tortugas impresionantes, se lo pasan a sopa de tortuga. Hasta ahora tuvimos suerte, imagínese si nos tocaba enfilar hacia el sur, ya estaríamos todos tiritando.

—¿Serán por eso los tremendos calores?

—Y por qué otra cosa va a ser, en cualquier momento llegamos a la línea del Ecuador y nos recibe Neptuno y nos hace una fiesta por el cruce.

—Ahí se movió otra vez. Ahora yo también lo sentí clarito.

—¿Y después de cruzar el Ecuador para dónde seguiremos?

—Depende de las corrientes marinas.

—Para colmo de males no somos un pueblo de tradición

marinera. Si nos agarra un tifón, ¿qué hacemos?, ¿nos subimos a las vacas?

—¿No habrá forma de forjar una buena ancla?

—No hay ancla que sujete esto. Lo mejor es conseguirse ya mismo un manual del perfecto marinero, acá se van a salvar los que sepan de todo un poco, en el futuro tanto nos puede tocar tejer hojas de palma como construir iglúes.

—Por las dudas yo termino mi décima cerveza y me voy para casa a asegurar las cosas, no quisiera que se me cayeran por la borda el televisor y la computadora.

—Yo que usted abandonaría la cerveza y a partir de ahora me dedicaría al ron, es más apropiado. Además le prendería una vela a Stella Maris y por las dudas también a Yemanyá. Y en cuanto haya llegado a su casa y asegurado la carga no se olvide de cerrar bien las escotillas.

MODAS

◆

Unos amigos que viajaron a Italia me traen de regalo un par de zapatos. Unos timbos preciosos. Los estreno dando una vuelta por el barrio.

—Vaya, vaya, tenemos zapatos nuevos —dice el quiosquero cuando paso.

—Vaya, vaya, zapatos italianos —me dice el diariero.

Y así.

Advierto que no sólo los conocidos me los relojean. La gente que pasa se da vuelta. Me miran los taxistas, los colectiveros detenidos en los semáforos. Me voy sintiendo cada vez más incómodo. Los zapatos empiezan a pesarme una tonelada. La situación se repite al día siguiente. Al tercer día, cuando salgo a la calle cargo con una paranoia de padre y señor nuestro. Para volver a casa evito pasar por donde hay conocidos que ya me han mirado los zapatos.

Siempre que necesito resolver algún problema recurro al licenciado Almayer, que es un tipo con respuestas para todo. Lo visito en su pomposa oficina y le cuento.

—Tranquilícese —me dice—, el suyo no es un caso aislado, en los últimos tiempos esto de ser mirado es un drama que padece mucha gente. Se puso de moda la envidia. Envidia por los que están bien, envidia por el éxito. Y por supuesto se ha vuelto incómodo y desagradable andar por la calle acosado por las miradas envidiosas de todo el mundo. Ya no se puede disfrutar tranquilamente de lo que se tiene. Mi empresa estudió el fenómeno y creamos una nueva moda para combatir y neutralizar a la de la envidia. ¿Cuál es esa moda nueva? Disfrazamos a nuestros clientes de pobres. Un equipo de creativos recorrió los barrios humildes para chequear cuáles son los hábitos y las usanzas de esos lugares. Retratamos, filmamos, analizamos cómo visten, cómo calzan, cómo se mueven y se manifiestan los pobres. En resumen, cuál es su moda actual. A partir de esas investigaciones diseñamos nuestros productos. Tomemos el caso de un ejecutivo que debe salir de la oficina y volver a su casa al final del día. En menos que canta un gallo nuestras creaciones lo transformarán en el último pobretón, pelado, ojeroso, barba de varios días, cicatrices. Son adminículos adhesivos, con imanes, con el sistema abrojo, todos de velocísimo quita y pon. Una pequeña funda dental lo convertirá en desdentado. La corbata lucirá manchas de grasa. Los zapatos estarán reventados. El reloj se transformará en uno marca Pekín con una flor de loto en el cuadrante. El traje, ni le cuento, hilachas es decir poco. En minutos, sin quitarse lo que tiene puesto, nuestro hombre se convierte en un menesteroso que no se diferenciará en nada de los otros miles que andan por la calle. Su flamante BMW va a lucir como un cascajo del año 1964, lleno de abolladuras. Se le aplica un minúsculo aparato a pila para que eche humo y tosa con un infernal ruido a bielas reventadas. El tapizado se verá desgarrado por todas partes y con los resortes bailoteando. Pero después, apenas ingresa en el garaje de su casa o cruza la entrada del country, sin esfuerzo, con la misma celeridad, se producirá la metamorfosis inversa y el hombre podrá presentarse ante su esposa y sus hijos en su verdadero y digno aspecto. Hace unos años la moda era mostrar todo, casas, piletas, parques, coches, amantes, perros, caballos. Ahora se pasó del exhibicionismo al ocultamiento. Mis clientes que hoy quieren esconderse son los mismos que antes querían mostrarse. Modas. En cuanto a su caso, es una pavada. En esa vitrina tengo lo que necesita. La idea surgió de las tradicionales galochas que se usaban los días de lluvia para proteger el calzado. Esta nueva versión protege de que se lo codicien. Aplíqueselas, déjeme ver, le quedan pintadas. Recíbalas como un obsequio de la empresa y camine y pise tranquilo que el mundo es suyo.

Le agradezco al licenciado y me voy a recorrer las calles de la ciudad sin la persecución de miradas molestas. Aunque en realidad no veo la hora de llegar a mi casa, arrancar el camuflaje y disfrutar de verdad de mis zapatos italianos. Mi departamento es chico, no hay mucho espacio para caminar, pero el palier del edificio es amplio y después de medianoche no anda nadie, así que podré ir y venir a gusto e incluso mirarme los zapatos cada vez que pase delante del espejo.

VÁNDALO

◆

Esta noche el tema son los vándalos y los incorregibles. Cada uno de los parroquianos ha pasado por la experiencia de estar cerca de un súper-vándalo que en la mayoría de los casos resultó ser también un súper-incorregible. Las exposiciones se prolongan hasta avanzada la madrugada y, cuando por fin el Gallego toma la palabra, callamos todos para escuchar su historia.

—La aldea donde nací, ustedes ya lo saben, era un pacífico rinconcito de Galicia, gente simple y feliz, siembra y cosecha, caza y pesca, casamientos y nacimientos, buen vino, buena comida y fiestas al aire libre. Pero también en ese lugar, vaya a saber por qué descarrío de la naturaleza, había surgido un vándalo de esos que no se empardan. Era un muchachón que vivía haciendo daño. No pasaba día sin que causara algún destrozo. No sólo se metía en los huertos para robar frutas, sino que se divertía quebrando las ramas de los frutales. No sólo robaba huevos en los gallineros, sino que rompía los que no podía llevarse y de paso la emprendía a latigazos con las pobres gallinas. Era depredador y perverso. Los domingos, cuando los aldeanos se reunían en la plaza para comentar los hechos de la semana, las fechorías del vándalo eran tema principalísimo de conversación. De todos modos aquella era gente muy tolerante y, calmada la indignación, trataba de entender. "Para el castigo siempre hay tiempo", decían. El cura solía reflexionar: "Los caminos de la salvación son insondables y quizá sea éste el que Nuestro

181

Señor eligió para el querido hermano vándalo". "Tal vez heredó algún gen maligno y lo lleve en los cromosomas", decía la comadrona. "Como señala Piaget, hay que tener en cuenta que los desequilibrios se producen para encontrar un nuevo equilibrio", decía la molinera. "Tal vez haya sido un hijo no deseado y su conducta sea consecuencia del desamor", decía el herrero. El que no lo soportaba ni un minuto más era mi tío Paco. Tenía afición por los latinos y, recordando a Cicerón, murmuraba todo el tiempo: "Hasta cuándo, Catilina, abusarás de nuestra paciencia". Y llegó un día en que el vándalo se pasó de la raya. Una anciana había horneado una hermosa torta y la había puesto a enfriar en la ventana. Era para el hijo que cumplía años y se encontraba trabajando en el campo. El vándalo pasó por ahí y le destrozó la torta a bastonazos. La anciana, acongojada, le preguntó por qué hacía eso y el vándalo se burló y la ofendió de palabra. A la mujer se le cayeron algunas lágrimas. En ese momento apareció la vieja maestra de la aldea e intervino reprendiendo al vándalo. Y también a ella la ofendió de palabra. A la maestra se le cayeron unas lágrimas. Cuando los aldeanos se enteraron no lo podían creer: "¿Cómo a una madre?", "¿Cómo a una maestra?". Esta vez se pusieron como locos, porque es bien sabido que, acá, en Tombuctú o en el Tibet, la que te trae al mundo y quien te transmite el conocimiento son personas sagradas. Todos dejaron sus tareas y se juntaron en la plaza en día de semana. Bramaban, echaban fuego por los ojos, había quien quería embadurnarlo con brea y emplumarlo, había quien quería colgarlo, había quien quería tirarlo al arroyo con una piedra de molino atada al cuello. Finalmente se votó por una reprimenda pedagógica que fuera contundente y de larga duración. Por empezar, y hasta que decidieran otra cosa, todos los habitantes de la aldea, cada día, le darían una buena patada en el posterior. Pasó el tiempo y no hubo necesidad de innovaciones, porque aquello se convirtió en tradición. Los aldeanos, sus hijos y luego sus nietos, se distraían unos segundos de sus obligaciones para ir a buscarlo donde estuviera y aplicar su patadón diario. El vándalo no pudo volver a sentarse por el resto de su vida, y eso que fue muy longevo —acá el Gallego hace una pausa y su mirada cargada de nostalgia vaga largamente por el cielo raso—. Lo que habré llorado cuando era chico, si habré derramado lágrimas porque no alcanzaba a pegarle mi patada. Tomaba carrera desde unos cuantos metros de distancia, probaba y volvía a probar y no había caso. Todos podían, menos yo. Lloraba. Mi tío Paco me decía: "Cálmate, niño, sigue tomando la sopa que ya vas a poder". Y tenía razón. Un día, casi sin darme cuenta, cuando menos me lo esperaba, tomé impulso como siempre, salté y paf, lo logré. Llegué perfectamente bien con mi hermosa patada voladora. Sí, señor.

LEX

————————————— ◆ —————————————

En los últimos tiempos la ciudad sufre una epidemia de fiebre jurídica. Todo el mundo querella a todo el mundo. No hay persona que no se haya convertido en un entusiasta picapleitos. Recién son las diez de la mañana y ya es la segunda demanda que me tiran por debajo de la puerta. Con éstas, son sesenta y ocho en lo que va del mes. Como cada día, me preparo para ir corriendo al Palacio de Justicia donde me espera mi letrado patrocinante, el doctor Machuco. Al salir, el portero me alcanza otra citación y me dice:

—Hoy le voy ganando, yo recibí cuatro.

Apenas piso la calle alguien me pide fuego y me hago el tonto. Hace poco el dueño del puesto de flores de la esquina se estaba fumando tranquilamente un negro, pasa un tipo y le pide fuego, el puestero no saca el encendedor sino que le da fuego con el cigarrillo, el otro pita y se enfurece, "me lo arruinó, yo fumo rubios", minutos más tarde, emocionalmente desestabilizado por el incidente, el fulano que fuma rubios tiene un altercado con su socio y a raíz de eso fracasa un negocio de muchos miles, cuando su esposa se entera padece una crisis de nervios, intenta suicidarse y hay que internarla y los gastos sanatoriales son altísimos, por todo esto el monto de la demanda contra el dueño del puesto de flores que fuma negros asciende a la bonita suma de novecientos mil dólares. Hay que andar con mucho cuidado porque en cuanto uno se descuida, zácate, te enchufan una querella. Al Palacio de Justicia voy caminando, para evitar

185

todo contacto con la gente, si veo que de frente vienen más de tres personas cambio de vereda. Un choque, un roce, pueden resultar fatales. Cada tanto me cruzo con pibes que reparten tarjetas de estudios jurídicos. En la puerta de un bar el mozo discute con un cliente.

—Lo voy a demandar por cincuenta mil.

—Y yo lo voy a demandar por cien mil.

En la esquina siguiente dos hombres deliberan sobre quién ganará la querella que se entablaron mutuamente un delantero de River y un defensor de Independiente después de un encontronazo durante el último partido. Acaba de frenar un colectivo de la línea 140. El chofer y una anciana intercambian improperios. El chofer revisa con dedo experto uno de los Códigos que lleva en una pequeña biblioteca armada contra el tablero. La mujer rápidamente extrae de una bolsa de plástico uno de los tantos libros de autoayuda jurídica que últimamente se han puesto muy de moda: *El querellante autosuficiente: gane usted mismo su juicio.* Tendré que decidirme a comprarme uno.

A medida que me acerco al Centro comienzo a caminar sobre capas de papeles: son los restos de los juzgados que se derrumban por sobrecarga de expedientes. Paso frente a las ruinas de uno Civil y Comercial que han sido ocupadas por una tropa de mendigos. Los cirujas de esta zona están en su mejor momento, disponen de un buen refugio y, con tantos restos de expedientes y de muebles, tienen combustible de sobra para hacer fuego y calentarse. Un folio traído por el viento se me engancha en el tobillo y al leerlo me entero de que un conocido mago e ilusionista de la televisión le inició querella a la veterinaria que le provee los conejos. Levanto otro folio y se trata de un alumno de una academia de tango que le inició juicio a una compañera de baile por los pisotones. Nunca me hubiese imaginado que un par de zapatos de charol costara tanto. Otro folio: un profesor de oratoria demandó a su barbero, lo acusa de haberlo afeitado con espuma en mal estado y como consecuencia la barba ha comenzado a crecerle hacia dentro y esto le entorpece la dicción: pide resarcimiento más costas.

Por fin llego a Plaza Lavalle y la zona está vacía, no hay

186

jubilados en los bancos, los vendedores de libros levantaron los puestos. Cuando comienzo a subir las escalinatas de acceso al Templo de la Justicia, donde tampoco hay movimiento de gente, me freno al percibir un espasmódico temblor en las paredes. Retrocedo alarmado, es evidente que el edificio está hinchado, la estructura gime. Doy media vuelta y me alejo con paso rápido, me detengo en el otro extremo de la plaza y desde ahí espío las sístoles y diástoles del Palacio que sigue resoplando, agitado como un gordo después de una carrera. Noto que las palomas giran bien altas, también ellas tomaron distancia. Todo hace suponer que el zambombazo es inminente. Busco refugio detrás de un tronco para protegerme de la onda expansiva. Cuesta encontrar un lugar porque todos los árboles están ocupados por gente que espera el estallido. Me calzo los lentes ahumados y empiezo mentalmente una cuenta regresiva. Me digo que cuando el Palacio reviente, junto con todos los demás expedientes también volarán por los aires en alegre surtidor las sesenta y ocho demandas que hay contra mí. Por nada del mundo me perdería ese espectáculo.

LECHÓN

◆

Volví a pecar. Hace meses que evito cenar lechón porque me cae pesado. Pero otra vez me dejé tentar y pagué las consecuencias. Todos aquellos que alguna vez pasaron por la experiencia del lechón nocturno saben de qué estoy hablando. La cuestión es que después de una noche agitada me despierto, miro el reloj calendario y me encuentro que dice: 10:30, martes 3 de marzo, año 2332. El reloj es de calidad, una maquinita suiza de esas que no fallan jamás. No tengo más remedio que creerle. Miro alrededor y en mi dormitorio todo está cubierto de polvo. Los libros y los papeles se han vuelto amarillos. Me levanto, voy al living y en el piso, junto a la puerta, hay una montaña de boletas impagas. Soy un hombre que toda la vida se educó para los imprevistos, por lo tanto puedo superar la sorpresa con bastante elegancia. Advierto que la barba me llega hasta los pies y me afeito. Después salgo a la calle. Afuera la ciudad es una mezcla de las películas *Metrópolis*, *Brasil* y *Blade Runner*. La mugre sigue siendo la misma que cuando me acosté. También las pintadas en las paredes, por ejemplo: *Si está aterrorizado, no llame a la policía que es peor.* Por el aire andan aparatos volando a baja altura. En todas las vidrieras hay televisores encendidos con un orador hablando sin parar mientras en la parte inferior de la pantalla se lee: *Presidente 2400.* Me agarra un vahído, siento que acaba de bajarme la presión, me zambullo en el primer bar y pido algo bien fuerte. Me sirven una cosa fucsia con gusto a whisky berreta. Le digo al mozo:

—Disculpe, estuve fuera del país una temporada larga y no

189

tengo ni idea de la situación política, pero si no me equivoco este tipo que aparece en la televisión era presidente hacia el final del último milenio, ¿qué pasó?

—Clonación. ¿Se acuerda de la novela *Las haploides*, de Jerry Sohl, publicada por Mirasol hace unos cuatro siglos, donde una sociedad de mujeres se reproducían convirtiéndose en iguales a sí mismas? Es más o menos eso. Sucesiva reproducción asexual de individuos exactamente iguales y con la misma información genética que su progenitor inicial.

—Me está jodiendo.

—¿Por dónde anduvo que no está enterado? Primero empezaron con las ovejitas que se duplicaban como fotocopias perfectas. Después siguieron las vaquitas, los monitos y los chanchitos.

—No me hable de chanchitos que todavía tengo atravesado en el estómago cierto lechón nocturno de hace, por lo visto, más de trescientos años.

—El asunto de la clonación prosperó y después de los animales vinieron los políticos.

—Es la cosa más horrible que escuché nunca.

—Desde entonces está de moda. Pero no es para cualquiera. Sale más caro que unas vacaciones en Júpiter. Este candidato sigue en carrera porque siempre hay empresarios poderosos dispuestos a pagarle una clonación. De todos modos, la verdad es que ya nadie le da bola al tipo. Son más de tres siglos repitiendo el mismo discurso. Ahora bien, si usted quiere mi opinión sobre el tema de los clonados, le voy a confesar que prefiero el sistema de reproducción tradicional. Tener hijos mano a mano con una linda señora es mucho más divertido, qué quiere que le diga.

El whisky fucsia es horrible. De todos modos pido otro. Triple. Me lo mando en dos tragos y me voy con la horrible sensación de que la ficción acabó por alcanzarnos. Busco mi calle, mi edificio y mi camita, donde todavía está la forma que ocupé durante tanto tiempo. Me acuesto, me acurruco y rezo: Por favor, que el sueño que me trajo hasta acá me saque de esto y me lleve rápido a otra parte. Y mientras espero con los párpados bien apretados me prometo que nunca más volveré a caer en la tentación del lechón nocturno.

ESTACA

———————————◆———————————

E l tema de esta noche en el bar me recuerda la alucinación que tuve hace unos días: el eterno retorno a escena de ciertos personajes de la política.

—No importa que los echen con muy malos modales, no importa que se vean obligados a huir al extranjero, la cuestión es que tarde o temprano siempre los tenemos de vuelta, de nuevo encaramados en los puestos de poder, cortando el bacalao y haciendo promesas, y el resultado también es siempre el mismo, al poco tiempo vuelven a jodernos y cada vez nos dejan más pobres, más arruinados y más humillados. La pregunta es: ¿cómo hacen para durar tanto y volver siempre?

—Algo raro tienen, nada les hace mella, son indestructibles, son de acero inoxidable. Para mí que hicieron un pacto con alguna fuerza del mundo de lo oscuro.

—Bueno, entonces admitamos que estamos fritos, hagamos lo que hagamos siempre van a estar ahí.

—Nunca hubiese pensado que de mi boca pudiesen salir estas palabras, pero ante semejantes evidencias no me queda más remedio que rendirme.

Todos asentimos y bajamos la cabeza resignados.

—Muchachos —interviene el Gallego—, para rendirse hay tiempo, ustedes andan demasiado rápido.

—Don Gallego, si tiene alguna solución para nuestra tragedia, por favor no se la guarde.

—Yo soluciones nunca doy, cada uno debe encontrar la

suya, pero les puedo contar algo que a lo mejor les sirve. Resulta que en mi pueblo nos ocurría lo mismo con un fulano que era más malo que la peste bubónica. Cada vez que se hacía cargo del Ayuntamiento pasábamos las de Caín. De tanto en tanto, por las buenas o por las malas, nos lo sacábamos de encima, teníamos un respiro durante un tiempo y nos poníamos a reparar todos los desastres que había dejado. Pero, indefectiblemente, tarde o temprano lo teníamos de vuelta. A lo mejor era culpa nuestra, nos fallaba la memoria, no tomábamos las precauciones necesarias, éramos ingenuos, nos confiábamos. Lo cierto es que volvía y de nuevo se las ingeniaba para agarrar la manija. Estábamos desesperados, no sabíamos qué hacer. Exactamente igual que ustedes, habíamos llegado a la conclusión de que el fulano era indestructible. Entonces alguien pensó que debíamos recurrir a los libros y buscar alguna solución, algún antídoto. Dimos con un tomito de un tal Bram Stoker. Ahí aparecía un cierto doctor van Helsing que tenía el método adecuado para casos de este tipo. La edición era muy antigua y supusimos con cierta lógica que el admirable científico van Helsing ya no existiría. Pero no nos rendimos, seguramente había dejado sucesores. Así que mandamos una comisión que recorrió Europa hasta dar con una descendiente directa: la doctora Soraya van Helsing. Se le planteó el problema, se arreglaron los viáticos y honorarios, y se la trajo para el pueblo. Era una walkiria impresionante, rubia, un metro ochenta, un avión. Como único equipaje traía un maletín, que sin duda era el legendario maletín de su antepasado. Lo depositó sobre el mostrador del bar, lo abrió, sacó tres estacas, las consideró, eligió una y le afiló bien la punta. Después sacó también un mazo de madera y probó su contundencia golpeándolo sobre la barra. Como se imaginarán, seguíamos la escena en absoluto silencio y con la boca abierta. "¿Dónde está?", preguntó la doctora. "En el Ayuntamiento", dijimos. Acto seguido la doctora fue a la plaza, eligió el banco que estaba frente a la puerta de entrada del Ayuntamiento, se quitó la ropa, se pasó bronceador y se puso a tomar sol. No andaba nadie por la calle. Transcurrió un tiempito, digamos que media hora, se abrió la gran puerta del Ayuntamiento, el fulano salió y la invitó a pasar. La angustiosa espera duró toda esa tarde y toda la noche. Seguíamos en el bar y sólo se oía el rezo de las ancianas que desgranaban el rosario. Nos preguntábamos: ¿Cómo va a hacer esta chica para sorprenderlo? ¿Cómo hará para agarrarlo distraído? Porque sabíamos que el truhán no se descuidaba nunca. Con los primeros rayos del sol vimos que se abría la puerta del Ayuntamiento y después a la doctora Soraya van Helsing cruzar la plaza con paso mesurado. Mientras la miraba acercarse tuve este pensamiento: "Ni siquiera se despeinó". La doctora apoyó el maletín sobre el mostrador y nos dijo: "Listo, sus problemas terminaron, la estaca está donde debe estar y de ahí no hay dios que la mueva". Le agradecimos, la invitamos a desayunar tortilla de papa con chorizo colorado y un buen vino tinto, y la acompañamos al ómnibus.

—Extraordinario —decimos todos—, ¿cómo hacemos para ubicar a la familia van Helsing?

—Ahora es fácil, pongan un aviso en Internet: Descendiente del doctor van Helsing se necesita para tarea específica, honorarios a convenir y todos los gastos pagos.

—¿Harán precio por cantidad?

—Cuestión de conversarlo, de todos modos si quieren un buen trabajo ofrezcan una paga decente, en estas cosas no se puede andar pijoteando.

NIDO DE AMOR

———————————— ◆ ————————————

Siempre me gustó vagabundear por los pueblos, quedarme un par de días acá, otro par de días allá, amanecer en cualquier parte. Es la mejor manera de conocer el país. Hace poco recalé en una simpática localidad similar a tantas, en la provincia de Buenos Aires. Cuando llegué estaba anocheciendo y me llamó la atención no ver gente en las calles. Después descubrí que la población entera estaba en la plaza, frente a la Municipalidad, empeñada en linchar al intendente. Llevaban palos, mazas, picos y antorchas. Gritaban:

—Bajá, maricón, que te vamos a linchar.

El intendente se había refugiado en la torre del reloj.

Logré hablar con uno de los enardecidos y me contó la historia. Un día, cansados de frustraciones, los pobladores de esa localidad quisieron asegurarse de que el futuro intendente fuera bien representativo del conjunto de las personalidades, los intereses y las ambiciones de los pobladores. Así que no lo eligieron de la manera tradicional, sino que pusieron un huevo y después lo empollaron entre todos.

Tenían los horarios perfectamente regulados para que nadie quedara excluido de participar y sentarse en el nido que había sido colocado sobre una tarima en el centro de la plaza. Había que ver al veterinario, al abogado, al cura, al farmacéutico, al comisario, a las señoras que habían dejado presurosas sus telenovelas, todos instalados por turno allá arriba. Cumplían rigurosamente e incluso había algunos que intentaban trampear con el reloj para poder quedarse un ratito más empollando amorosamente, arrullando, cantándole canciones de cuna al huevo.

Cuando llegó el día tan esperado y se produjo el nacimiento, hubo mucha alegría y se organizó una fiesta extraordinaria, más grande que la del santo patrono, con baile, kermesse, doma, sortija y carreras cuadreras.

Con el cariño y el aliento de todos, el desarrollo del dirigente fue rapidísimo. A los siete meses ya era presidente de la Comisión de Fomento, al año era concejal, al año y medio era intendente. Una carrera meteórica. Después, con la misma velocidad, pasó lo que pasó, el intendente hizo lo que hizo, dejó a todo el mundo culo para arriba y ahora ahí estaban, tratando de sacarlo de la cueva para liquidarlo.

El enardecido que me estaba informando agitó el garrote y corrió a mezclarse con los demás. Me metí en el bar de la esquina de la plaza y llamé por teléfono a la torre del reloj. Cuando el acorralado me atendió le pregunté:

—¿Qué pasó, intendente?

—No entiendo a esta gente —me contestó—, no sé por qué están tan enojados.

—Lo acusan de que se afanó todo, de que se mandó unos brutos negociados, de que loteó hasta el cementerio, todas las casas están hipotecadas, los fundió, los endeudó por varias generaciones, dicen que incluso para tomar agua en el bebedero de la plaza había que pagar.

—Es verdad —me contestó—, todo eso es rigurosamente cierto, ¿qué quiere que le haga?, no pude evitarlo, hacer esas cosas está en mi naturaleza, ellos me empollaron así.

—¿Quiere agregar algo más?

—Yo tengo mi conciencia tranquila, caballero, siempre fui fiel al espíritu de mi pueblo.

La voz se apagó. Miré a través del ventanal: la torre ardía por los cuatro costados. Me quedé ahí hasta que se extinguieron las llamas. Cuando salí del bar vi, a la luz de la luna llena, que la gente estaba toda en la plaza, atareada y diligente como una bandada de gorriones, preparando un nuevo nido sobre la tarima, bajo un precioso baldaquino, adornado con flores, guirnaldas y cintas de seda multicolores.

KRAFT

◆

E stoy acodado en el mostrador del bar, haciendo cuentas en mi libreta: impuestos, facturas, servicios, la pesadilla de costumbre.

—Veo que está muy embalado con los números, ¿algún negocio en vista? —me dice el parroquiano Carmelo, que está a mi lado.

—Las cuentas de siempre, cada vez me cuesta más llegar a fin de mes.

—¿No le queda alguna reserva?

—Me quedan unos manguitos guardados bajo el colchón, poca cosa, para casos de extrema necesidad. Hasta ahora logré no tocarlos, pero en cualquier momento voy a tener que echarles mano.

—Me parece que el destino nos juntó. Puedo ofrecerle un negocio redondo, rápido y con una utilidad extraordinaria. Seguro que le va a interesar.

—La verdad que me interesa cualquier cosa que me saque del apuro.

—Me está haciendo falta un socio ágil que tenga unos pesos.

—¿Cuántos pesos?

—Es una inversión mínima.

—Disculpe la pregunta, pero si la inversión es poca y el negocio es tan redondo, ¿por qué no lo hace usted solo?

—Me quedé sin capital. Con los bancos ya no se puede contar, no quiero caer en manos de los prestamistas porque me van a arrancar la cabeza.

—¿Cuál sería el negocio?

—Bolsas de papel.

—¿Para vendérselas a quién?

—Para que la gente se las meta por la cabeza y se tape la cara después de las próximas elecciones.

—¿Los que pierdan?

—Todos. Pasada la expectativa, cuando la gente se dé cuenta de en qué estado está y dónde está parada, gane quien gane, el sentimiento general será de absoluta vergüenza por el voto que metieron en la urna. No va a quedar uno que no quiera su bolsa personal para ocultarse la cara antes de salir a la calle.

—¿Cómo serían esas bolsas?

—Comunes, de papel madera. Con dos agujeros para los ojos y otro para la nariz. También uno para la boca, todos tienen que seguir fumando o tomando café o comiendo algo.

—¿Y dónde las fabricaríamos?

—Tengo un tallercito en Lugano, con la guillotina, el sacabocados y lo que haga falta. El taller me está dando pérdida desde hace años, pero ahora llegó la reivindicación. Solamente se necesita dinero para la materia prima, o sea el papel Kraft, liviano, de 70 gramos, y la cola vinílica.

—¿De qué tamaño serían las bolsas? ¿Una sola medida o varias? ¿Diferentes para hombres y mujeres?

—Tamaño estándar, unisex.

—¿Qué porcentaje calcula de gente que no quiera usarla?

—Cero. Todos van a estar avergonzados.

—¿Y la distribución?

—Ya hablé con el Sindicato de Canillitas. La mañana siguiente a las elecciones los quioscos del país entero van a estar inundados de nuestras bolsas. Vendemos y cobramos. Todo contado. Plin caja.

—¿Cómo dividimos las ganancias?

—Cincuenta y cincuenta.

—¿Ya pensó en una partida de bolsas de reserva?

—Por supuesto. Algunos se van a llevar varias bolsas. Mi

cálculo es que cada votante va a consumir como mínimo tres bolsas de manera inmediata. Además está la lluvia, las rupturas, el desgaste, etcétera. Después vienen las reposiciones a largo plazo. El bochorno puede durar mucho tiempo.

—Tenemos que estar preparados para que no haya demoras en las entregas.

—Eso déjelo por mi cuenta.

—Me convenció. Trato hecho.

—Lo espero mañana en el taller. Hay que meterle pata, pedir el papel, mandarlo a máquina, troquelar, pegar y empaquetar.

—Choque los cinco.

Me despido de mi socio. Esta vez me parece que zafé.

COSTUMBRES

◆

H ay noches en que la charla languidece y el tedio se adueña del bar. El Gallego pasa una vez más la rejilla por el mostrador, levanta la campana de vidrio, gira el plato que contiene un solo pebete y lo vuelve a tapar.

—Ya lo puso mirando al este, al sur, al oeste, al norte y a todos los puntos cardinales intermedios. Hace una hora que está haciendo lo mismo, lo va a marear al pobre sándwich —comenta el parroquiano Aparicio.

—Es automático —contesta el Gallego—, es la costumbre. Qué quiere que le diga, el hombre es un animal de costumbres.

—Hablando de eso, hay una pregunta que me hago cada mañana al afeitarme: ¿todos los hombres en todas las latitudes serán por igual animales de costumbres?

—Ignoro cómo será en otras geografías, pero sé lo que pasa en el edificio donde viví durante años y del que me fui sin mirar atrás, cuidándome de no cometer el error de la mujer de Lot, que se convirtió en estatua de sal cuando se alejaba de Sodoma —interviene el parroquiano Bilbao.

—¿Una precaución tan extremada tuvo algo que ver con este asunto del hombre como animal de costumbres?

—Absolutamente sí, ya que en ese edificio aprendí que esto de ser un animal de costumbres es una peste contra la que hay que luchar con todas las fuerzas de que uno dispone. Escuchen y me dirán si no tengo razón. Hace un tiempo cambiaron el administrador. Rápidamente el nuevo administrador llamó a

201

asamblea. La mayoría de los ocupantes del edificio les otorgó poder a otros inquilinos y no se molestó en concurrir a la reunión. Y ya que hablamos de costumbres, ésta de lavarse las manos, a mi modesto entender, merece registrarse como una de las más tradicionales costumbres de la gente de este país. Los pocos que acudieron, influenciados por la nueva administración, modificaron el reglamento. Se nombraron tres porteros, personal de vigilancia permanente y un jefe de mantenimiento con sus ayudantes. Todo esto con un inevitable incremento en las expensas. El flamante equipo tomó una serie de medidas tendientes a poner orden y mejorar la calidad de vida en el edificio. Primera medida: gastos de electricidad, relacionados especialmente con los ancianos. Se resolvió que los ancianos sólo podrían utilizar los ascensores dos veces por día. Dos bajadas y dos subidas. Ya vieron cómo son los viejos, van al almacén veinte veces y siempre se olvidan algo. Se nos explicó que esta medida, más allá del ahorro, en realidad apuntaba a mejorar la agilidad mental de los abuelitos. Al principio hubo desconcierto, a todos nos costó aceptar, pero fue pasando el tiempo y nos acostumbramos. Segunda medida: en balcones y ventanas, únicamente plantas artificiales, para evitar el derroche de agua. Nueva sorpresa y algo de resistencia, pero con el tiempo nos fuimos acostumbrando y hasta empezamos a descubrirles ventajas a las lindas plantitas de plástico. Tercera medida: por razones de seguridad se decidió que el administrador y sus colaboradores tendrían las llaves de todos los departamentos. Muchos vecinos corcovearon, aunque terminaron por admitir que nadie está libre de un descuido, como por ejemplo salir olvidándose la canilla abierta o la tostadora sobre el fuego. También a esto nos acostumbramos. Luego, mediante un retoque al reglamento, siguió el veto a las frituras en el edificio y la consiguiente provisión, para todo el mundo, de verduras ecológicas cultivadas en los pagos del administrador, acompañadas por un económico manual de nutricionismo. Nos acostumbramos. A continuación vino el acondicionamiento del sótano: alfombra, música, media luz y bar con abundante variedad de bebidas. Tipo saloncito de club privado. El administrador, gran lector de libros de autoayuda sobre la alegría de vivir, aprovechamiento del tiempo libre y estímulos para fomentar el cariño entre las personas, decidió organizar fiestas para las damas solteras y las casadas que quedaban solas en el edificio durante el día. Jornadas de encuentros: lunes, miércoles y viernes.

—Fiestas de consorcio entre vecinas y vecinos. Eso suena lindo.

—Nada de vecinos. Solamente vecinas y el administrador con sus socios. Fiestas a puerta cerrada. Fiestas bien movidas. Las paredes temblaban con la música. No necesito aclararles que a esta altura resultaba evidente que la gente del edificio no sólo se había acostumbrado a las sucesivas innovaciones, sino también a la autoridad del equipo administrativo. Lo digo porque cuando aparecieron algunas protestas aisladas de maridos y de novios, de inmediato se formó una comisión que se solidarizó con el administrador, reconociendo la importancia de la tarea que estaba realizando, ya que a la mayor parte de las señoras y señoritas se las veía tan distendidas, tan compinches entre ellas y tan de buen humor, que no cabía otro sentimiento que el de gratitud.

—Da gusto escuchar eso. No entiendo por qué se fue de ese lugar sin mirar para atrás.

—En la última reunión de consorcio, a la que para variar no asistió casi nadie, el administrador y sus colaboradores decidieron que había llegado la hora de pasar a estimular la alegría de vivir en los hombres que vivían solos en el edificio. Y también en los que no vivían solos si deseaban participar. Fiestas los martes, jueves y sábados.

—¿Fiesta exclusiva entre varones? ¿También a puerta cerrada?

—Efectivamente. Gran jarana. Y a partir de ese momento también a los hombres comencé a verlos distendidos y felices. Se habían acostumbrado rápido. Ahí fue cuando pensé muy seriamente sobre este asunto de que uno puede acostumbrarse a cualquier cosa. Y me dio un poco de miedo. Me acordé de mi abuelo, que solía decirme: "Muchacho, escuchá este consejo y tenelo siempre presente: los calzoncillos sólo debés arriarlos delante de tu mujer y de tu médico". Así que me mudé a un

203

hotelito, de donde pienso irme rápido, porque después del susto que me pegué en el edificio decidí ponerme en guardia para la larga pelea contra las asechanzas de la costumbre, tanto en lo que respecta al sitio donde uno eligió vivir como ante cualquier circunstancia de la vida: actividades, relaciones, lo que sea. En fin, me propuse ir practicando la costumbre de acostumbrarme a dejar de ser un animal de costumbres.

QUINTEROS

◆

En un supermercado, en la sección herramientas, me encuentro con un viejo conocido, el legendario boquetero Wilson Washington Medina, hombre de la vecina orilla del Uruguay, famoso por los túneles que hicieron estragos en el corazón del Tesoro de muchos bancos. Tomamos un café mientras me pone al día sobre su actividad actual.

—Sigo cavando, pero esta vez me tocó hacerlo por encargo —me cuenta—. Una inmobiliaria está comprando todas las casasquintas de Don Torcuato. Se prevé que en algún momento tendrán prisión domiciliaria muchos de los políticos de ustedes. Y no sólo políticos, también empresarios, jueces y banqueros. La estrategia que manejan sus asesores es que todos vayan a parar a Don Torcuato para estar cerca unos de otros y no perder la comunicación directa. La mayoría de esos futuros quinteros me conoce bien porque alguna vez me quedé con el contenido de sus cajas de seguridad. Aprecian mi profesionalismo y fueron ellos los que sugirieron mi nombre. El dueño de la inmobiliaria me llamó personalmente a Montevideo para contratarme. Hay buena plata. Así que me vine con mi equipo y le estamos dando duro.

—No me queda claro en qué consiste el trabajo.

—Túneles.

—¿Túneles para qué?

—Para que los quinteros puedan reunirse. Los finos manejos del mundo del poder y de los grandes negocios requieren ejercitación y actualización permanentes. Eso es lo que me explicaron. El entrenamiento es fundamental. Es como con los deportistas, si no transpiran en el gimnasio se les va al tacho la destreza y el estado físico. Por eso estamos conectando las quintas mediante una red de túneles. Acá tengo un plano. Hay una quinta madre en el centro. De ahí parten túneles como rayos de una rueda de bicicleta hasta las quintas más alejadas. Pero también hay túneles circulares, cada vez más amplios a medida que se alejan del centro, que se cruzan con los que llamamos rayos de bicicleta. En realidad creo que la imagen más apropiada para definir el conjunto es la de una tela de araña. De esta manera los quinteros podrán ir y venir a gusto y reunirse sin ser vistos ni oídos.

—No consigo imaginarme a los quinteros arrastrándose como topos por esos larguísimos túneles, en la humedad y la oscuridad.

—Nada que ver, esto es otra cosa, son túneles de lujo, cómodos, dos metros de altura, aire acondicionado, iluminación dicroica, alfombras persas, espejos, música funcional, mucho dorado y una perfecta señalización para no extraviarse. Cada tanto hay sectores con sillones y TV para una pausa en el camino. Teléfono y fax en los cruces. A veces las esposas de los próximos candidatos a quinteros vienen a visitar las casas que ocuparán con sus maridos y bajan a ver cómo están quedando los tramos de túneles más inmediatos a sus futuros domicilios. La verdad que nos vuelven un poco locos con los detalles. Una no está conforme con el color y el dibujo de la alfombra, a otra no le gustan las cerámicas y exige mosaico veneciano, otra quiere peceras embutidas en las paredes con pescaditos tropicales.

—Con tantos detalles, es una obra que va para largo.

—Ése es el problema. Tenemos que inaugurar rápido, porque el aluvión de presos domiciliarios se nos puede echar encima en cualquier momento. Y como la justicia seguramente se pondrá dura con el régimen de visitas, habrá un montón de personajes que, aunque no estén acusados y ni siquiera investigados, lo mismo se presentarán en Tribunales sin que los citen y confesarán delitos y luego establecerán domicilio en Don Torcuato, para que los manden presos a las quintas y así puedan estar cerca de sus socios. Mi equipo está meta pico y pala sin parar.

—Wilson, en su trayectoria de boquetero éste debe ser el emprendimiento más espectacular.

—No crea. Hice unas cuantas cositas encantadoras a lo largo de mi historia. En este caso hay que señalar un detalle interesante y es que no existen perjudicados, nos beneficiamos todos. Los quinteros podrán practicar lo suyo para estar en buena forma cuando les llegue la hora de dejar las catacumbas y volver al poder y a sus actividades específicas, y nosotros ejercitamos lo nuestro y cuando se acabe este filón seguiremos bien preparados para volver al objetivo de toda la vida que es, lo digo con absoluta modestia, seguir siendo los campeones en reventar el Tesoro de los bancos. Cada cosa en su sitio y todos amigos.

SEMILLÓN

◆

En la puerta del bar me encuentro con Ramos, líder político nato, personaje de extraordinario carisma. Cuando Ramos nació, su padre, también hombre progresista y gran luchador, le puso cuatro nombres: Carlos, Federico, León, Vladimir. La primera creación de Ramos fue a los dieciocho años. Me acuerdo muy bien de aquel legendario Frente Antiimperialista de Liberación Latinoamericana y Cósmica. A partir de ahí no paró más, siguieron una cantidad impresionante de Frentes, Movimientos y Partidos. El FMOPEEB, el MHÑSBI, el PGOBCDUD, el MAWYEZ, para nombrar solamente algunos.

—¿Cómo andan las cosas, profesor? —pregunto.

Sacude la cabeza un par de veces y ya sé que ésa es mala señal. Pese a su gran carisma, todos los partidos que Ramos fundó siempre terminaron fragmentándose. Fragmentación al máximo. Inevitablemente llegaba un momento en que la sigla del partido tenía más letras que militantes. Me enteré de que ahora Ramos encabeza el Partido Transparente Participativo Democrático.

—¿Algún problemita con el nuevo partido? —indago.

—El PTPD tuvo su primera fractura hace seis meses. Desde entonces las fragmentaciones no pararon. La semana pasada quedábamos dos militantes. Nueva fractura y quedé yo solo.

—No puedo creer que sea el único integrante del PTPD.

—Con un agravante.

—¿Qué pasó?

—Sufrí una fractura ideológica interior. Se me produjo una diáspora interna.

—Esto es nuevo en la historia de las fragmentaciones políticas.

—Resulta que esta mañana fui a lavarme los dientes con mi dentífrico con gusto a menta y Vladimir me increpó duramente.

—¿Qué le dijo?

—Que usar un dentífrico con sabor a menta o lo que fuese era una inaceptable concesión a los decadentes gustos pequeñoburgueses. Ahí intervino León, quien, también con extrema dureza, consideró el comentario de Vladimir como petardista y propio de infantilismo político. A la disputa se sumaron Carlos y Federico y las cosas amenazaron pasar a mayores.

—¿Y usted qué hizo?

—No me lavé los dientes, tiré el cepillo a la basura y grité: unidad, por favor, unidad.

—Bien hecho y bien dicho.

—Minutos después, estaba por hacerme un té y el terremoto volvió a rugir. Por empezar se me cuestionó que el té es un símbolo del imperialismo inglés. Ése fue Carlos. Grité unidad y renuncié al té. Cuando abrí el tarro de la yerba y me dispuse a prepararme un mate cocido, que es popular y bien podría ser considerado antiimperialista, pareció que se establecía un acuerdo. Pero enseguida hubo problemas con las galletitas y la mermelada porque fueron acusadas de lujos burgueses. Ya no me acuerdo si fue León o Federico el que las cuestionó. Incluso el uso de la espátula para untar fue señalado como una veleidad capitalista y una traición a la causa del proletariado. Y las voces seguían subiendo de tono.

—¿Y usted qué hizo?

—Renuncié al desayuno y apelé al grito de unidad, unidad.

—¿Resultado?

—El asunto está difícil.

—Por qué no hacen un pacto de camaradería, se reúnen en un congreso, establecen una serie de puntos básicos con vistas a la unidad y de ahí arrancan.

—Decirlo es fácil. Fíjese que son las siete de la tarde y todavía se está discutiendo el desayuno. Ni siquiera me animé a fumar para evitar agregar más temas de discusiones a la asamblea. Ésta es la hora de mi copa de final de la tarde. Mi único lujo. La necesito para relajarme. ¿Pero se imagina lo que puede pasar si llego a pedir un whisky?

—Hay muchas bebidas además del whisky.

—No me arriesgo con ninguna.

—Déjeme sugerirle una, lo invito con un semillón. El semillón es un vino blanco que no puede ser acusado de cargas ideológicas de ninguna naturaleza. Es más, me tomo uno con usted.

—Probemos con el semillón, a ver qué pasa.

—No le afloje, Ramos.

—Brindemos por la unidad.

—La unidad por encima de todas las cosas.

CAUSA

———————————— ◆ ————————————

S e abre la puerta del bar y exultante, sacando pecho, entra el doctor Re Castrovillari hijo.

—Champán para todos. Hoy es el día más trascendental de mi vida. Por fin estoy a cargo de la causa madre de todas las causas.

—Salud, pesetas y larga vida, Su Señoría. Por qué no nos cuenta cuál es esa causa madre de todas las causas —dice el Gallego mientras se apresura a destapar unas cuantas botellas.

—Si me permiten, quisiera remontarme a los comienzos. Cuando yo tenía cinco años, Roberto Re Castrovillari padre, mi progenitor, abogado de nota y juez, me sentó en sus rodillas y me preguntó: "Robertito, ¿qué vas a hacer cuando seas grande?". "Jurisconsulto y juez como usted, padre", le contesté. "Muy bien Robertito —dijo—, te felicito. Mi gran frustración es que nunca fui nombrado juez en el fuero federal y por lo tanto no tuve ninguna oportunidad de echarle mano a la reina de todas las causas. Tu bisabuelo y tu abuelo me hablaban de ella. Un expediente cuyo primer cuerpo, las primeras 200 fojas, fueron cosidas en la última década del siglo XIX. Al día de hoy está compuesta por 1507 cuerpos. Estudiá, sé aplicado, tesonero, y con un poco de suerte y la ayuda del Señor tal vez un día te conviertas en el titular de un juzgado federal, te asignen esa causa y te corresponda a vos la gloria de resolverla".

—Padres eran los de antes —comenta el Gallego mientras llena las copas.

—Durante mis estudios de Derecho, en la biblioteca, en los bares, en los asados, en los bailes, con los compañeros hablábamos de la causa. Los profesores la citaban. En nuestro fuero íntimo, cada uno de nosotros pedía que no se resolviera todavía, que se siguiera demorando unos años más, que nos esperara, para que nos correspondiera el honor de darle la puntada resolutoria final. Me recibí y me fui moviendo con astucia para ubicarme en la justicia penal. Luego, siempre a base de méritos y trabajo duro, maniobré para ganarles de mano a los competidores y ser nombrado en el juzgado que tenía la causa. Llegué a secretario.

—Vamos todavía —decimos a coro los parroquianos levantando las copas.

—Desde aquel día en que mi padre me habló, el expediente había pasado por las manos de jueces muy activos y el número de cuerpos había aumentado a un promedio de veinte por año. Un récord de crecimiento. Ya andábamos por los 2112. Seguían y siguen guardados todavía hoy en la sala original, a la que hubo que ampliar en 1938 y luego reforzarle el piso con una estructura de hierro en 1950. Los primeros cuerpos son como incunables, las fojas están quebradizas, hay que tratarlos con mucha delicadeza. Los grandes enemigos son la humedad y las malditas polillas. Se está en guerra permanente contra las polillas. Contamos con una partida de dinero extra para combatir las polillas.

—Dele duro a las malditas polillas, Su Señoría —dice el Gallego mientras vuelve a llenar las copas.

—No necesito aclararles que ese juzgado es un templo. En las paredes cuelgan los retratos de todos los empeñosos magistrados que a lo largo de más de cien años impulsaron la causa. Yo me he emocionado al oír al juez que me precedió, en un arrebato de inspiración, pedir por ejemplo los cuerpos 14, 376, 395, 487, 911, 1342, 1343, 1344, 1632, 2004, y verlos pasar transportados por los dos forzudos encargados de esa tarea, hijos de los forzudos que los precedieron y que están jubilados. O citar testigos que son los hijos o nietos o bisnietos de los primeros testigos, y que tal vez guarden el recuerdo de alguna confesión, alguna última frase de los antepasados

214

en el lecho de muerte. O disponer una nueva pesquisa en los lugares donde se produjeron los hechos, que lamentablemente en la mayoría de los casos han sufridos sucesivas transformaciones (esos peritajes los hace un equipo de arqueólogos). Y me emocioné hoy, cuando el juez que se jubilaba me hizo entrega del juzgado. "Ha llegado el momento de que yo me retire —me dijo—, éstas son las llaves y aquí le dejo una modesta ayuda para interpretar el expediente: un resumen de 2 páginas, otro de 50 páginas, un tercero más gordo de 500, un cuarto de 2000 y un quinto resumen de 5000 páginas. Sofrene el entusiasmo, vaya de lo más simple a lo más complejo, empiece por las dos hojitas, éntrele al expediente despacio. Y cada vez que ingrese en la gran sala no se olvide que usted es un privilegiado y que más de un siglo de abnegada labor judicial lo estará contemplando". Al despedirse repitió más o menos las mismas palabras de mi difunto padre cuando por primera vez me habló de la causa: "Le deseo la mejor de las suertes y que sea usted el destinado a resolver gloriosamente este caso". Y yo, señores, lo voy a resolver.

Brindis y aplausos de los parroquianos.

RELIGIONES

◆

Las siete de la tarde y en el bar entra un cura como los de antes, o sea con sotana. Pide una botellita de tinto, si es posible Cabernet. El Gallego destapa y sirve. El cura saborea y aprueba. Vacía un vaso y después la mitad de otro.

—Buena cosecha —dice—. Es probable que sea la última botella de vino fino que pueda disfrutar. Estoy por convertirme en un desocupado. O ya soy un desocupado. Todavía no sé.

—¿Cómo se puede convertir en desocupado un pastor de almas? —pregunta el Gallego.

—Cerraron la parroquia que estaba a mi cargo y todavía no me asignaron a ninguna otra. Pedí entrevistas, escribí cartas. Fui a ver a mi obispo y me atendió un secretario, me explicó que por ahora no hay nada, que en cualquier momento se va a presentar una vacante. No nos llame, nosotros nos vamos a comunicar con usted, me dijo.

—¿Qué estará pasando?

—Son los tiempos que corren, a todos nos toca el ajuste. La calle está cada vez más dura, el número de creyentes disminuye año tras año y encima pululan sectas de todo tipo y color. Sectas que practican una política muy agresiva. Con tal de insertarse en el mercado de la fe prometen cualquier cosa, pan, trabajo y salvación al toque.

—¿Y entonces?

—Me enteré de que las grandes religiones decidieron juntarse y pararle la mano de una buena vez a todo ese chiquitaje.

—¿Y de qué manera lo harán?

—Uniéndose y formando una religión única. Ya se realizaron reuniones entre el Vaticano y las iglesias ortodoxas. El Papa fue a Tierra Santa y conversó con el consejo de rabinos. Y hay contactos subterráneos con los musulmanes. Ni hablar de lo avanzados que están los acuerdos con las diferentes iglesias cristianas que nacieron a partir de la Reforma. El nuevo lema será: Maximizar réditos espirituales, optimizar estructuras y disminuir costos en todas las líneas.

—Está visto que a la globalización no la para nadie. Fábricas de automotores, discográficas, laboratorios farmacéuticos y ahora las religiones.

—Tal cual. Una sola gran Iglesia y un directorio único.

—¿Y cómo se manejaría el asunto de los votos en ese directorio? ¿Qué porcentaje de acciones tendrá cada uno de los asociados?

—Será de acuerdo con la cantidad de creyentes en todo el mundo, el número de templos, antigüedad de la institución y bienes terrenales. No es lo mismo hablar de la apostólica romana que de la maronita. Para su información, ya hay un templo piloto que es una mezcla arquitectónica de las diferentes iglesias cristianas, mezquitas y sinagogas, con pinceladas budistas, que serán los próximos en asociarse al proyecto. Todas las religiones ofician simultáneamente en el mismo ámbito y cada vez los rituales se aproximan más, hasta que dentro de poco terminarán fusionándose.

—Pero hay enormes diferencias de símbolos y de ritos, ¿cómo van a lograr hacer un solo paquete con todos? Muchos van a rechazar la innovación.

—Las encuestas realizadas revelan que los feligreses aceptarían con entusiasmo esta nueva modalidad de la fe. Tengan en cuenta que lo novedoso siempre prende rápido.

—Después de todo quizá no sea tan mala idea un proyecto religioso unificador.

—Según desde dónde se lo mire, señor. Cualquiera sabe que la globalización produce concentración y que ésta trae desocupación. Donde había seis templos va a quedar uno. Y un montón de sacerdotes seremos echados a la calle. En cualquier momento me llega el telegrama de despido y una linda frase de agradecimiento por los cuarenta años de servicios prestados. ¿Le parece justo? Díganme, ¿qué puede hacer gente como yo que está cerca de los sesenta y su única actividad ha sido el oficio religioso? ¿Dónde va a encontrar un maldito empleo? ¿De qué demonios va a trabajar? ¿A quién diablos puede pedirle auxilio? ¿A algún reventado satanás, lucifer, belcebú, mefistófeles y todo su podrido séquito infernal se supone que debería uno recurrir para pedir ayuda? ¿Me quieren decir? Destápeme otra botella, por favor.

SERIAL

◆

A unque resulte difícil de creer, esta noche en el bar me topo con un ciudadano cuya angustia mayor no es la crisis que arrasa el país. Acodado en la barra, me estuvo echando miradas de reojo durante un rato, hasta que se animó y se largó a hablar.

—Señor —me dijo con voz acongojada—, yo soy un fornicador serial. Estoy desesperado, mi vida es un infierno, necesito que alguien me detenga. Huelo una mujer y no importa la edad ni el color, si es linda o fea, casada, viuda o soltera, laica o religiosa, inmediatamente se me vacía la cabeza, me baja toda la sangre a la entrepierna y dejo de razonar. Soy capaz de cualquier cosa y lo pago muy caro. Cuando era joven el cuerpo aguantaba. Y no me estoy refiriendo a la actividad específica de mi mal. Ahora los golpes duelen. Me fajan padres, maridos, novios, amantes, hermanos, primos. Y por supuesto también mi señora. He atravesado vidrios de ventanales, me tiraron de puentes, me arrojaron de trenes en marcha, he tenido que huir en cuero mordido por perros de todas las razas, me quedé atascado en una chimenea disfrazado de Papá Noel, me tirotearon con armas de todo calibre, me acertaron en la cabeza con un televisor, me dispararon flechazos con una ballesta, fui arponeado, me caí de techos, recibí descargas eléctricas al tocar cables pelados en la oscuridad, me han boleado persiguiéndome a caballo, tengo un tobillo destrozado de una vez que me capturaron con una trampa para zorros. No hay pilcha que me dure. Alguien tiene que detenerme. No sabe los esfuerzos que he he-

221

cho para convertirme en normal. Fui al psicólogo. Una dama muy agradable. Ya en la primera visita, y en el diván, la profesional se convirtió en un eslabón más de mi caída. Acudí a un psiquiatra. En la segunda cita me abrió la puerta la esposa. Nueva derrota. Intenté un retiro espiritual. Cuando llegué me di cuenta de que las anfitrionas eran monjitas. Se puede imaginar lo que pasó. Mi primera capitulación en ese santo lugar fue la madre superiora. Después, una por una, sucumbí con todas las monjitas. Me eché una mochila a la espalda y me fui a una gruta en la montaña para alejarme de las tentaciones. Alcancé a pasar veinticuatro horas de serenidad y esperanza. Creí que ya estaba en vías de curación y apareció una pastorcita con un rebaño de cabras. Otra vez hombre al agua. Estuvimos una semana encerrados en la gruta. Se perdieron todas las cabras. La familia de la pastora me corrió hasta los límites de la provincia. De regreso hacia Buenos Aires, en la ciudad de Rosario, pasé frente a una pensión de señoritas. En cuanto leí la palabra señoritas en el cartel se me vació la cabeza y me bajó toda la sangre. Compré media docena de plumeros en un bazar y entré en la pensión haciéndome pasar por vendedor ambulante. Aquella fue la vez que más tardé en volver a casa. Mi mujer me dio una paliza descomunal. En un momento de lucidez reflexioné: "Nunca en la vida fui rechazado, tal vez el secreto para mi cura sea conseguir que una mujer me diga que no, una, solamente una, y seguramente se quebrará el encantamiento". Así que me lancé a la calle a buscar un rechazo, toqué timbre al azar, salió una señora y le solté una sarta de porquerías, chanchadas horribles, obscenidades e indecencias. Esperé el cachetazo, pero la señora se hizo a un lado y me invitó a entrar: "Adelante querubín". Una hora después salí de esa casa y me dije: "Tengo que intentarlo de nuevo y tengo que aumentar la dosis de impudicias". Toqué otro timbre y salió una señora mayor. "Ésta es la mía", pensé. Y me esmeré con el lenguaje. Dije cosas que una persona normal no soportaría ni verlas escritas. Esperé el escobazo. La dama me acarició la mejilla y me dijo: "Pasá bebé". Y así fui de casa en casa, pasando de querubín a bebé, de dulzura a muñequito, de bizcochito a bombón, de primor a pimpollo, y de derrota en derrota. Lo mío no tiene solución, no puedo más, llevo la marca de Caín, ¿qué va a ser de mí?

—Tranquilo, tranquilo —le digo con mi mejor voz, porque la historia realmente me conmovió—, no desespere, el mundo está lleno de gente con adicciones. Se reúnen para ayudarse y tengo entendido que con excelentes resultados. Hay comunidades de alcohólicos anónimos, de gordos anónimos, de jugadores compulsivos, de fumadores, seguramente tiene que haber también una comunidad de fornicadores seriales anónimos. Busque en la guía o llame al 110. Pero eso sí, si toma una determinación tiene que ser firme. ¿Me está escuchando? No me parece que me esté prestando atención. Veo que se está poniendo blanco, señal de que se le está vaciando la cabeza y se le está bajando la sangre. Contrólese, hágase un favor a sí mismo, si realmente siente el deseo profundo de terminar con su mal, éste es el momento de empezar, quiérase un poco, deje de mirarle con tanta insistencia las piernas a la teniente del Ejercito de Salvación que acaba de entrar.

INSOMNIO

◆

Sin duda son tiempos difíciles. Llego al bar pasada largamente la medianoche. Los parroquianos tienen mal aspecto, los párpados a media asta, los ojos rojos como si les hubiesen arrojado arena o vidrio molido. Incluso el Gallego.

—Buenas noches, estimados señores —digo.

—Serán buenas noches para usted —me contesta uno—. Dentro de un rato nos espera el enemigo.

—¿Qué enemigo?

—El insomnio.

Y empiezan las historias. Cada cual tiene la suya. Probaron de todo. Té de manzanilla, té de boldo, yuyos y raíces de lo que venga, vino caliente con canela, leche con ajo en polvo, chocolate tibio con ralladuras de nuez moscada, horchata de almendras, autohipnosis, autoestrangulamiento. La lista es variada e interminable.

—Después de infinitos intentos —dice el parroquiano Rubén—, un día descubrí, guardada con naftalina en el fondo de un baúl, la almohadita de la cuna de cuando era bebé. Pensé: esto me lo manda mi hada protectora. Empecé a usarla al acostarme. Cierro los ojos, trato de poner cara de felicidad y empiezo a chuparme bien el dedo gordo. Pero no hay caso. Me levanto a la mañana con el dedo hinchado de tanto chupar y sin haber logrado dormir un minuto.

—¿Alguien intentó contando ovejas?

—Yo probé —dice la señorita Nancy—. Durante mucho

225

tiempo probé. El problema era que después de un rato las ovejas empezaban a acelerar, saltaban la valla demasiado rápido, no me daban tiempo a contarlas. Me ponía nerviosa, me desesperaba, y como consecuencia me agarró una alergia a la lana impresionante. Ahora no me puedo poner un pulóver de lana ni cinco minutos que me lleno de ronchas. Y por supuesto que sigo sin dormir.

—¿Por qué no prueba con otros bichos?

—¿Por ejemplo?

—Hipopótamos. O tal vez elefantes. Son animales más lentos y fáciles de contar. Y no corre peligro de alergia. Salvo que le agarre alergia al marfil. Pero no se conocen casos.

—Yo traté con baños de inmersión —dice el parroquiano Eugenio—. El inconveniente es que me quedo dormido y paso la noche entera en la bañera. En el último mes, de tanto dormir en el agua, cambié la piel cuatro veces. Tuve que ponerme un despertador para salir de la bañera y pasarme a la cama. Pero una vez en la cama no consigo dormirme. Entonces vuelvo a la bañera. Me estoy rompiendo la cabeza pensando en un método para realizar el tránsito de la bañera a la cama sin despertarme.

—Yo había descubierto un lindo sueño que me hacía dormir bárbaro —cuenta el parroquiano Enzo—. Me acostaba, soñaba con una novia que tuve a los dieciocho años, pasábamos una noche sensacional y me despertaba contento y fresco como una uva. No quería usarla demasiado, para no gastarla. Me dije: si abuso, en una de ésas se molesta y no quiere volver más. Así que la iba racionando y las cosas estaban realmente bien. Pero sucedió que de pronto empezó a venir sin que la convocara y sin fallar una noche. Cada vez con más edad, cada vez más gorda, más fea e incluso mala, horriblemente mala. Y siempre trae un sobre. Me lo entrega, lo abro y adentro hay una hoja doblada. La desdoblo y es una factura con la lista de todas las veces que acudió y, con lujo de detalles que no repetiré acá, lo que sucedió en cada oportunidad. Y la suma de mi deuda. Ya no me la pude sacar de encima. Pesadillas y pesadillas. Cierro los ojos y ahí está, esperándome.

—Yo también, como el amigo Eugenio, recurrí al agua, pero

226

no baño de inmersión total, sino de un pie, uno solo —dice el parroquiano Ludovico—. Me inspiré en una película donde el protagonista sufre de insomnio y, para relajarse, se acuesta con una pierna colgando de la cama y el pie metido en una palangana de agua con un puñado de sal gruesa. Probé varias veces y la verdad que de entrada el sistema funciona. Pero resulta que en cuanto me duermo empiezo a sentir que uno de mis pies es el Titanic en el momento de irse a pique y el otro es un barco que intenta acudir en su ayuda pero queda apresado en los hielos del Mar Ártico. Paso unas noches espantosas, llenas de S.O.S., con los dos pies enviándose mensajes: "Emergencia extrema, posición 45 grados, sur suroeste", "Ya vamos al rescate, aguanten", "Mensaje recibido, explotaron las calderas", "Luchando contra hielo asesino, avanzando metro a metro, conserven esperanzas", "Barco en posición vertical, perdimos la orquesta, músicos al fondo del océano". Y así estoy, durmiéndome y despertándome cada cinco minutos.

—¿Y cómo termina la historia?

—No termina, nunca termina, continúa siempre igual: un pie se me hunde y el otro sigue atrapado en los hielos árticos.

SUPERVIVENCIA

◆

En el bar entra un tipo con lentes oscuros, se ubica en el extremo de la barra, pide café, luego se va corriendo poco a poco, empujando su pocillo, hasta llegar a mi lado. Cuando me habla lo reconozco, es Atilio, a quien no veo desde hace años. Por los diarios supe que ocupa una banca en el Congreso de la Nación. Le pregunto a qué debo el honor y cómo andan sus cosas en el complejo mundo de la política.

—Hablemos en voz baja —me dice—. Supongo que te habrás enterado de lo que pasó el otro día, nos quedamos atrapados en el Congreso, sitiados por una multitud de ciudadanos airados. No podía entrar nadie, no podíamos salir. Se empezaron a terminar los cigarrillos, no teníamos café, y para colmo de males el comedor fue clausurado hace unos meses debido a las pésimas condiciones de higiene. Pedimos pizzas y empanadas a varias pizzerías de la zona, pero nadie se animó a traer ni una miserable fainá. Tuvimos que esperar hasta altas horas de la noche para poder escabullirnos. Qué momentos: cansados, asustados y famélicos.

—Bueno, ya pasó todo.

—Nada pasó, nada terminó, en cualquier momento vuelven los sitiadores. No sabés lo que es esa gente, cuando se enfurece no entiende razones, te tiran con todo lo que tienen a mano.

—¿Qué piensan hacer en una situación tan complicada?

—Resistir, no podemos abandonar, es nuestro trabajo y nuestro compromiso con el país. Así que, previendo un sitio

229

prolongado, nos hemos organizado. En primer lugar estamos haciendo cursos de supervivencia. Cómo subsistir si nos cortan el agua, luz, teléfonos y gas. Utilizamos los manuales de los *boinas verdes* para la lucha en la selva. Durante el entrenamiento tenemos que aguantar con un pan por día y una medida de whisky. Uno de los problemas a resolver son los gordos, hay que educarlos para que controlen su apetito. Y otros que no son gordos pero que no pueden con su genio y roban pan y lo esconden en el portafolios. Hicimos una meticulosa investigación en el edificio y comprobamos que hay abundancia de hormigas, cucarachas, arañas y ratas. Y eso es muy bueno. Los manuales de los *boinas verdes* traen recetas, se pueden preparar sabrosos y nutritivos platillos con todo ese bicherío, que en caso de que nos corten el gas cocinaremos con la madera del mobiliario. Nos propusimos no dejarnos caer en el abandono y conservar la prestancia y la prolijidad que corresponde al cargo que ostentamos. Hemos aprendido a bañarnos y afeitarnos con 500 centímetros cúbicos de agua. Dormimos sobre la ropa bien estirada, para que a la mañana cuando empezamos a sesionar esté planchada como si acabara de salir de la tintorería. De todos modos hay detalles que no se pueden superar. Por ejemplo esa diputada que uno siempre vio tan rutilante, vos no sabés lo que es encontrársela de frente recién levantada y con el pelo como un revoltijo de estopa. Nunca más volveremos a ser los mismos, de eso somos conscientes, ahora nos conocemos las intimidades, las manías, las fobias, nos hemos visto en ropa interior, sabemos quién usa dentadura postiza, lentes de contacto, quién ronca, quién tiene pesadillas, quién confiesa y pide perdón y delata cómplices durante el sueño.

—Dura la adaptación.

—Uno de los grandes flagelos que en general padecen los sitiados son las horas muertas, los perturban emocionalmente. Desde Troya a nuestros días siempre fue igual. El gran desafío es qué hacer para evitar que el ocio lleve a la locura.

—¿Qué están haciendo al respecto?

—Empezamos a revisar los proyectos de leyes que están cajoneados desde hace décadas. Podemos aguantar cincuenta años de sitio con tantos proyectos postergados. Una cosa importante que debíamos comprobar en nuestro entrenamiento es con qué ayuda exterior contamos. Primero llamamos a los bomberos, les pintamos una situación angustiosa y pedimos que nos rescataran por los techos con las escaleras, a ver qué nos contestaban. Nos dijeron que tienen el combustible racionado y sólo les alcanza para ir a apagar los incendios. Llamamos a los gobernadores y todos nos mandaron decir que estaban con nosotros, que aguantáramos, que en veinte o treinta días se ocuparían de nuestro problema. Llamamos al capo, a la quinta de Olivos, nos atendió la primera dama, le dijimos que estábamos acorralados y que no íbamos a poder resistir mucho más, que no teníamos más pan. Nos contestó: Si no tienen pan coman facturas. Ahí confirmamos que cuando llegue el momento crucial vamos a estar solos. Por eso yo desarrollé un plan B, estudié varias formas de escapar en caso de que los sitiadores ocupen la ciudadela. Y cuando escape voy a necesitar un aguantadero. Acudí a parientes y amigos y todos tienen problemas. Ésa es la razón por la que vine a buscarte.

—Mirá, Atilio, en otro momento estaría encantado de ayudarte, pero acabo de engancharme con una señora de la que estoy perdidamente enamorado, madre de cuatrillizos de un año y medio de edad, así que imaginate lo que es mi departamento. Pero no se trata de un impedimento definitivo, el lugar va a estar disponible cuando los chicos crezcan.

UPPERCUT

◆

E l amigo Oscar Balducci —poeta, dramaturgo, fotógrafo y experto en box— me invita a una velada boxística en el Club Social Cultural y Deportivo El Pampero. En la pelea de fondo está en juego la corona de los barrios, que permanece desde hace casi una década en poder de Mustafá el Asqueroso. El desafiante es el Manso Bragato. El amigo Oscar me advierte que no habrá sorpresas, Mustafá es el favorito y sin duda ganará. Le digo que entonces mi simpatía estará del lado del Manso Bragato, porque en mi familia existe la antiquísima tradición de cinchar siempre por los perdedores. Cuando Mustafá (63,500 kg) sube al ring me sorprendo un poco. Le pregunto al amigo Balducci cómo hizo con ese físico de porquería para mantener el título tanto tiempo.

—Mañas y roñas —me contesta—. Un mes antes de las peleas empieza a bombardear a los rivales con cartas y llamados anónimos para minarles la moral. Soborna a todo el mundo, chantajea y extorsiona. Sobre el ring es un maestro en vulnerar cada uno de los reglamentos deportivos. Y siempre con cara de yo no fui. Es el boxeador más sucio que pasó por los cuadriláteros barriales. La gente lo adora.

—¿Y el Manso Bragato?

—Un buen muchacho, medio ingenuo, bastante tímido. A veces tengo la impresión de que le da vergüenza ganar. Tiene una izquierda como patada de mula, lástima que no sepa o no se anime a aprovecharla.

233

Echo una mirada alrededor. Los hinchas de Mustafá llevan camisetas que dicen: "Asqueroso, campeón eterno". Entre ellos, brilla con luz propia una rubia platinada, vestido ajustado de lamé y escote panorámico. Tiene puesta una gorrita con la misma inscripción.

—La novia de Mustafá, la Ceci Comehombres, Miss Cien Barrios Porteños, novena princesa en el concurso Miss Cordillera de los Andes —me aclara Balducci.

Los partidarios del Manso son pocos, permanecen silenciosos y como resignados. El referí llama a los contrincantes al centro del cuadrilátero, les suelta su discursito y luego palmea amistosamente a Mustafá el Asqueroso. Suena la campana y empieza la pelea. Transcurre el primer round sin novedades, con un Mustafá dominando cómodo el centro del ring y un Manso cauteloso. En el segundo round Mustafá pasa francamente al ataque y entonces puedo verlo en acción. Es un experto en golpes bajos, rodillazos, codazos, cabezazos y patadas en los tobillos. La hinchada aúlla de placer. En los tres rounds siguientes no hay variantes. El Manso se achica contra las cuerdas y soporta el castigo. Está sangrando de una oreja como consecuencia de una mordida. Mientras tanto Mustafá no para de escupirlo y de hablarle.

—¿Qué le dice? —pregunto.

—Historias sucias de la madre del Manso, de la novia y de la hermana.

Aprovechando un clinch, Mustafá le mete un guante entre las nalgas a Bragato y se lo refriega bien refregado. La parcialidad delira. A mi lado Balducci murmura:

—No debió hacer eso. Esta vez se le fue la mano. No debió hacerlo. Es bien sabido que el Manso se aguanta cualquier cosa, pero tiene su límite, no soporta que le toquen el trasero, ya vas a ver, se transforma, se convierte en otro tipo.

En efecto, desde el fondo de la nada, con la precisión y la contundencia de un pistón, surge un gancho que se estrella en la mandíbula de Mustafá y lo manda a la lona. Entonces, sin detenerse a mirarlo, con paso seguro, Bragato va a ocupar el centro del cuadrilátero y espera. Mustafá, desconcertado, se levanta, recompone la guardia e intenta una atropellada. Recibe un cross fulminante que lo hace retroceder trastabillando hasta las cuerdas. Suena la campana y es evidente que Mustafá está sentido porque se equivoca de rincón.

En el round siguiente la situación no cambia. Bragato pelea como si estuviese subido a un banquito. Mustafá recibe un potentísimo directo a la cabeza y un gancho al hígado, las rodillas se le doblan y por segunda vez besa la lona. Lo salva el gong.

Las tres vueltas siguientes son un monólogo de Bragato. Jab de derecha, jab de izquierda, uppercut de derecha, uppercut de izquierda, veloces series de uno-dos. El Asqueroso intenta inútilmente retomar el centro del ring. Ahora es evidente para todo el mundo que su demolición es irreversible. Advierto que sus simpatizantes se van sacando las camisetas, se las colocan al revés y con disimulo van a sentarse en la gradería de enfrente, con la barra contraria. Todos juntos comienzan a cantar: "Con el Manso Bragato tenemos campeón para rato". La Ceci Comehombres guardó la gorra en la cartera, se lima las uñas y le hace caiditas de ojos al Manso. Los segundos desaparecieron del rincón de Mustafá, queda uno solo, que anda con ganas de tomárselas también porque todo el tiempo mira hacia la puerta de salida. Cuando se produce un clinch, al separar a los contendientes, el referí evita tocar a Mustafá, como si le repugnara. La sensación que tengo es la de estar asistiendo al preludio de un naufragio, con los roedores abandonando el barco. Me levanto, me despido del amigo Balducci y le explico:

—Según mis principios, a esta altura debería empezar a cinchar por el perdedor, aunque no me da el estómago para simpatizar con un sujeto de la calaña de Mustafá el Asqueroso. Así que, para evitar entrar en flagrante contradicción con la antiquísima tradición existente en mi familia, mejor me voy retirando.

FUNCIONARIO

———————————————— ◆ ————————————————

C ada vez que cruzo la puerta del edificio de una repartición pública me resuena en la cabeza un párrafo de *La línea de sombra*, la novela de Joseph Conrad: "La atmósfera administrativa es de tal naturaleza que mata todo lo que vive y respira energía humana, y es capaz de apagar la esperanza, como el temor, bajo la supremacía de la tinta y el papel".

Hoy tengo que realizar un trámite cerca de Plaza de Mayo y recuerdo que en esa repartición, hace años, trabajaba un conocido, Jorge Angélico Pizarro, delicado poeta, faja de honor de la SADE. Averiguo en mesa de entrada y me confirman que todavía sigue ahí. Ubico su despacho y paso a saludarlo. En la penumbra y el silencio, rodeado de expedientes, Pizarro tiene algo de monje medieval. Me estrecha la mano, me invita a sentarme, enchufa un calentadorcito eléctrico que está en el piso, junto al escritorio, y me ofrece un té. Le pregunto para cuándo el próximo libro.

—Estoy trabajando, es una obra ambiciosa, calculo que en seis o siete años la tendré lista.

—Eso es lo que yo llamo tomarse las cosas con seriedad y responsabilidad.

—Soy un funcionario de carrera. Ésta es una profesión que favorece a la poesía. Acá se aprende a medir el tiempo con otra vara. Mi futura obra trata justamente de ese tema. La titulé *Media luz y mansedumbre*. En cierto sentido es mi historia familiar.

—Una saga.

—No sé si sabrá que a mi esposa la conocí acá y que también acá vio la luz nuestra primera hija, ya que el parto se adelantó, no hubo tiempo de ir a la clínica y la nena nació en la repartición. No tengo duda de que los chicos seguirán la carrera de la familia. Al varoncito no necesito comprarle juguetes. Se entretiene con los sellos y los formularios. Le encanta sellar. La nena hace verdaderos bordados con el cosido de los expedientes. Y tiene solamente seis años.

—No hace mucho se habló de cesantías, de despidos en masa en las reparticiones públicas, ¿no le preocupa que en algún momento las máximas autoridades vuelvan sobre el tema?

—Siempre se amenazó con grandes reformas y reducciones masivas —Pizarro sonríe con benevolencia—, pero es imposible, nos necesitan, nosotros somos la verdadera sangre del Estado. Existe una raza de engreídos que se van turnando y ostentan un ratito la autoridad que les confiere el cargo. Pero los que dominamos la organización somos nosotros. Mi abuelo y mi padre fueron funcionarios, así que entre los tres vimos pasar a muchos, tanto de civil como de uniforme. Son los vanidosos de turno. Asoman la cabeza un instante, brillan un segundo y luego se eclipsan para siempre. Nosotros en cambio somos sencillos y austeros, y duramos. Somos como los mares que han sido testigos de florecimientos y desapariciones de imperios. Mares siempre iguales a sí mismos, inalterables, tenaces y eternos.

—Media luz y mansedumbre.

—Así es.

Agradezco el té y le pregunto cómo llegar a la oficina donde debo realizar mi trámite. La oficina está en otra ala del edificio, pero hay una forma de cortar camino sin necesidad de volver a planta baja y Pizarro me lo explica en versos:

238

Por el pasillo, ciento catorce pasos hacia la derecha,
y se topará con una puerta insólitamente estrecha,
detrás lo esperará una escalera algo empinada
y aquí muévase con cuidado ya que está mal iluminada,
apoye con firmeza el pie en cada uno de los nueve escalones
para evitar peligrosos resbalones,
veintiocho pasos lo separan de un balcón
al que recorrerá hasta subir un único escalón,
gire a la izquierda y si es diligente
llegará a destino en dieciséis pasos solamente.

—Perfecto. Imposible perderme —digo.

Pizarro toma un expediente de un estante alto, lo golpea para quitarle el polvo y me lo da.

—Llévelo, así evitará que alguien lo pare y le pregunte qué anda haciendo por los pasillos. Un expediente bajo el brazo es el mejor salvoconducto.

Agradezco, salgo al pasillo y, mientras empiezo a contar los primeros ciento catorce pasos, vuelvo a pensar en el párrafo de *La línea de sombra* y me pregunto si Conrad no habrá sido injusto al calificar tan duramente los efectos de la atmósfera administrativa.

DURO DE ROER

♦

Conozco al matrimonio Garmendia un soleado sábado por la mañana, paseando por el puerto. Llegan sobre una bicicleta tándem. Adelante y atrás llevan dos canastos donde van sentados dos chicos. Desmontan y los chicos, pulcros, alegres, corren junto a los barcos y recogen puñados de trigo, soja y maíz que han quedado en el suelo durante la carga. Trabajan con eficiencia soplando en la palma de la mano para limpiar los granos. Colocan cada tipo de cereal en morrales diferentes. Se desplazan saltando sobre un pie y cantan. El padre los mira satisfecho. La madre teje.

Estoy parado cerca y la charla surge sola.

Cuando hace un tiempo —me cuenta el señor Garmendia—, apurado por la situación económica, dejó de comprar el diario, no podía prever que esa determinación era el puntapié inicial de un gran cambio. Tampoco pudo sospecharlo cuando tiempo después se vio obligado a desprenderse del R12 y compró el tándem. Las ventajas del tándem no tardaron en evidenciarse con los saludables paseos al aire libre. Mientras tanto, para saciar su hábito de lector, comenzó a frecuentar la biblioteca del barrio. El primer descubrimiento fue *El recetario industrial*, de Hiscox-Hopkins, cinco tomos, 1336 páginas, con 22.135 recetas. Y luego un librito titulado *El horticultor autosuficiente*.

—Los conocimientos que adquirí y, modestamente, una cuota de ingenio, me fueron llevando a provechosas determinaciones —dice.

241

La familia ocupa tres ambientes, planta alta de una vieja construcción de dos pisos. Disponen de una terraza y ahí armaron una productiva quintita. Consiguieron una gallina muy ponedora que les da muchas satisfacciones. La alimentan con el maíz del puerto. Al trigo lo muelen en un mortero. Con la harina hornean un sabroso pan sin levadura. La soja tiene múltiples usos. En el cuarto de baño, en un placard con humedad, se dan muy bien los champiñones. El patio del taller mecánico de al lado está cubierto por una parra. Con autorización del propietario, aprovechan la uva y producen vino y vinagre. Las semillas prensadas dan un óptimo aceite. Con las hojas tiernas de la parra preparan ricas ensaladas y niños envueltos. El azúcar lo reemplazan con una melaza de remolacha que ellos mismos elaboran. Es poco lo que compran.

—Pedí el corte de la línea telefónica. Me deshice del televisor y del equipo de música. Tenemos formas de pasarlo bien. Por la noche entretengo a los chicos proyectando sombras chinescas sobre la pared. También cantamos. Y a veces leemos en voz alta algunas de las 22.135 recetas de los cinco tomos.

Después les tocó el turno a la cocina y al calefón, y el señor Garmendia se sacó de encima a la compañía del gas. Adquirió una cocina económica, de las alimentadas con leña. Al volver de la escuela los chicos recogen ramas secas y cajones o traen recortes de madera de una carpintería del barrio. Son gemelos. Concurren juntitos a dos escuelas. A una van por la mañana y a la otra por la tarde. Los Garmendia decidieron mandarlos a las dos escuelas por la copa de leche y algo que les dan de comer. En una escuela están en cuarto y en la otra en quinto.

Garmendia solucionó la calefacción mediante una red de caños conectados con la cocina económica. Para la ducha instaló en el techo un sistema basado en una sucesión de botellas acopladas por cuyo interior pasa una serpentina que levanta temperatura con el aire calentado por el sol a través del vidrio. Vendió el lavarropas. Ahora colocan la ropa en la bañera y mientras se duchan caminan durante un rato sobre las prendas enjabonadas. Es el mismo principio del lavarropas.

—Finalmente decidí cortar también con la compañía de electricidad.

En la terraza montó un *chingolo*, uno de esos molinillos que se usan en el campo donde no hay electricidad. La hélice, al girar, va cargando una batería. Redujeron el consumo de luz a una sola bombita de 15 watts colocada en el extremo de un largo cable. La desplazan por las habitaciones según las necesidades.

—¿Y cuando no hay viento? —pregunto.

—Colocamos la bicicleta sobre dos soportes que aíslan las ruedas del piso, la conectamos y pedaleamos. Hacemos ejercicio y cargamos la batería.

Eliminada la heladera, si necesitan frío puede llevar la temperatura desde diez grados centígrados a veintitrés grados bajo cero mediante una mezcla de sulfato sódico, cloruro amónico, nitrato potásico y ácido nítrico. La esposa de Garmendia elabora la ropa. Incluso el calzado, utilizando cubierta de auto como suela, duración interminable. Casi todo lo fabrican en casa: jabones, desinfectantes (fórmula: soda cáustica, resina y creosota), conservas, matamoscas, pinturas, una colonia llamada Agua Húngara (romero en flor, salvia fresca y alcohol), dentífrico (pómez en polvo, almidón, esencia de menta), crema para arrugas (leche de almendras, agua de rosas y alumbre). Un amigo de Garmendia, sereno en una droguería, le consigue los elementos necesarios al costo. Un primo, visitador médico, les regala muestras de vitamina C, efervescentes y con gusto a naranja, que disueltas en agua reemplazan a las gaseosas.

—No nos privamos de nada —me asegura Garmendia—. Mejoramos la calidad de vida y ahorramos. Desde hace un tiempo me sobra algo del sueldo y voy comprando francos suizos, quiero asegurar el futuro de los chicos.

La recolección de cereales termina. Se despiden. Miro alejarse a la familia Garmendia y me digo que a los argentinos no nos para nada ni nadie. Venimos de sicilianos y franceses, gallegos y coreanos, gitanos y suizos, judíos y vascos, japoneses y armenios, aborígenes y piamonteses, bolivianos y ucranianos, polacos y árabes, andaluces y chinos, y una punta de cepas más. Somos un hueso muy duro de roer.

Índice

Esta edición de 4.000 ejemplares
se terminó de imprimir en
Artes Gráficas Piscis S.R.L.,
Junín 845, Buenos Aires,
en el mes de octubre de 2003.